Black Cendrillon

Du même auteur

Les Fous de l'île, Éditions du Sycomore/Papyrus
Le Bal des grenouilles, Éditions Flammarion
Piton bleu, Éditions Denoël
La Perle du fou, Éditions RTL
Fièvre indigo, Éditions de la Table Ronde
La Pluie des mangues, Éditions Denoël
La Saison du diable, Éditions Denoël
Les requins ne mangent jamais les nègres, Phébus

Jean-Claude Derey

Black Cendrillon

Collection dirigée par
François Guérif

Rivages/noir

106, boulevard Saint-Germain – 75006 Paris

ISBN : 2-7436-0482-4
ISSN : 0764-7786

Pour Jean Comte et Marité

Remerciements à M. Patrice Vatan,
de la Documentation française, Paris

1

Du fond de ma cellule, je revois le salon aux rideaux tirés, à l'heure de la sieste. Enfin tranquille, loin des cris de Mme Fouad, une otarie gémissante, suspicieuse, qui voit le mal partout, le nègre, c'est bien connu, est tombé d'un ventre pour chaparder !

Sous le ventilateur à pales, je repasse. Soudain, quelqu'un me bâillonne en s'agitant derrière moi, et peste contre une fermeture Éclair de braguette, en me promettant le paradis, empalée sur son gros *bengala.* J'entends encore sa voix haletante, qui roule les *r* : « Tu seras ma reine ! Je te donnerai ton poids en rrubis si tu te laisses fairre ! »

Quand sa limace s'est durcie contre mes fesses dénudées, j'ai crié en me retournant d'un bond, j'ai plaqué le fer à repasser sur son front ridé, son cou fripé, ses joues froissées, son bengala ratatiné, pendouillant, rabougri, en accordéon, avant de friser ses cheveux en broussaille.

M. Fouad a cessé de jouer les cochons grillés à cause de son crâne qui s'est fendu avec un bruit de coquille d'œuf. Il s'est effondré à mes pieds, tout mou, pas bandant du tout, bien chiffonné, trop à la réflexion.

Depuis six mois qu'il me chuchotait des mots d'égout, malgré mes mises en garde. C'est écrit sur mon front : « Touche pas à la gamine. » C'est clair, non ?

Ce Fouad, à la réflexion, méritait une mort plus raffinée, en hommage à son âme-cabinet. Ah ! si j'avais du sang chinois, bien citronné, je me serai régalée !

Demande expresse d'une année sabbatique pour me consacrer à son matricule. Avec du matériel d'artisan fauché, mais quand on a la foi. Des allumettes, un rat affamé, une pince à épiler. De quoi épater un bourreau japonais. Mais il est tombé si brutalement à mes pieds... Je n'ai pas eu le temps de le lisser sous toutes les coutures. À cause de la famille accourue au grand complet. Les jumelles de huit ans, aussi craquantes que des grains de café, le pouce à la bouche, tout ensommeillées, qui attendaient qu'il ressuscite, comme à la télévision ; et la mère s'écorchait les joues devant son mur de lamentations en poussant des youyous stridents, à la mode de chez eux, chaque fois que le malheur vient cogner à leur porte, et le fils Fouad, un grassouillet de mon âge, les mains dans les poches, aiguisait ses yeux au curare en me promettant un chemin de Golgotha grouillant de vipères cornues et de scorpions, et les voisins de l'immeuble, tous tombés du même ventre d'Orient, courts sur pattes, olivâtres et dodus, se pelotonnaient à distance, en me dévisageant comme un cracheur de feu sur le point de les transformer en torches vivantes.

Le commissaire est entré en coup de vent. D'un regard, il a tout compris, le corps mal repassé à mes picds, ses yeux révulsés luisant encore des envies dégoûtantes, moi, le sein à l'air, serrant dans le poing le fer brûlant, avec cette démangeaison de gommer tous les faux plis de la tribu qui hululait après moi.

Il m'a lancé :

– Habille-toi !

Deux policiers m'ont passé les menottes avant de me pousser sans ménagement dans une voiture hurlante qui m'a conduite droit au cachot.

– Dieu t'a offert un cul princier et au lieu de subir poliment les avances de ton patron, tu joues les effarouchées avec ton fer à repasser !

Une dizaine d'inspecteurs en bras de chemise tétaient des bières fraîches en me guignant comme un gadget détraqué.

– Regarde-moi quand je te cause ! m'a ordonné le commissaire en relevant mon menton en pénitence d'un doigt autoritaire. Bande de garces ! a-t-il grommelé. Vous n'êtes bonnes qu'à écarter les cuisses, mais toi, tu refuses les règles !

« Les Blancs battent le tam-tam pour un viol, mais à N'Djamena, dans le pays le plus misérable d'Afrique, le pucelage d'une *broussarde* comme toi ne vaut pas un kilo de tomates ! Pourquoi tant de manières, hein ? Nom de Dieu ! Qu'est-ce qui t'a donc pris ? Tu écartes les cuisses, tu te laves, aucune trace, comme le passage d'un nuage sur le sable ! À cause de tes idées tordues, une famille libanaise est en deuil !

– À ma place, vous auriez écarté les cuisses, commissaire ?

– Petite crâneuse ! Dans vingt ans, tu continueras de taper le carton avec les rats de la prison !

Il a saisi avec rage un crayon, un carnet :

– Ton nom.

– Jeanne Baguirmi

– Tu es sara, toi.

– Née à Léré. Catholique.

– Comme moi. J'ai connu ton père, le directeur d'école. Où est-il ?

J'ai haussé les épaules.

– Ton âge ?

– Vingt ans.

– Quel gâchis !

Il allume une blonde en me soufflant la fumée dans le visage.

– Ta vie est fichue !

Il m'aurait bien giflée pour m'apprendre les bonnes manières.

– Déshabille-toi !

– Toute nue ?

– Comme Dieu t'a faite.

Les flics ont cessé de jacasser pour détailler mes seins en poire, mon ventre plat, mes cuisses de gazelle, mon sexe. Que je ne cachais pas. Je les ai regardés à tour de rôle, ces rambos d'opérette, arrogants, avec leurs pistolets aux aisselles, bien frustrés de ne pouvoir me violer, là, sur cette table encombrée de dossiers et d'un téléphone hystérique, pour m'apprendre la politesse. Me faire enfin baisser les yeux.

Tous les regards portaient le même message : naître belle, c'est durcir les queues, et, quand on le sait, il faut accepter ce drôle de jeu...

Un planton m'a jeté un pyjama d'homme, amidonné de foutre et de sueur. Une minute plus tard, rayée de la tête aux pieds comme un zèbre de potence, le commissaire m'a dit :

– Suis-moi.

J'ai dégringolé à sa suite un escalier glissant en colimaçon qui plongeait dans le ventre du commissariat. Au bout d'un couloir sombre, bas de plafond, des cachots de part et d'autre où des ampoules nues bavaient une chanson d'outre-tombe.

Il m'a poussée dans une cellule de deux mètres sur trois, aveugle, grouillant de cafards sur le sol en terre battue. Une natte tombait en poussière dans un coin. Un pot de nuit ébréché, un plat en fer mordillé, une cuillère au manche tordu, un gobelet cabossé.

– Ça te plaît ? a dit le commissaire. Vaut mieux. Vingt ans minimum pour laver les sales draps dans lesquels tu t'es mise !

Et moi, je balbutiais, paniquée, refusant de pénétrer dans le cachot :

– Je repassais, il est tombé, un accident idiot, monsieur le commissaire !

– Ah ! elle est têtue, cette morue ! Un conseil, les juges raffolent de la peine de mort. Si tu persistes à raconter ce conte de fées...

Il a ordonné au gardien d'apporter une couverture. Je tremblais convulsivement, comme si un volcan venait de se réveiller sous mes pieds.

Il a posé une couverture crasseuse sur mes épaules :

– Il t'a violée au moins ?

Tous les hommes sont des ordures qui méritent d'être repassés. Il l'a compris dans mon regard.

– On ne tue pas pour une histoire de bengala ! a maugréé le commissaire en hochant la tête, navré, devant le nœud coulant qui se glissait autour de mon cou.

Ses mains m'étreignaient les genoux.

– Je suis sûr que tu ne l'as jamais fait !

Il affûtait sa moustache de renard, le sourire triomphant :

– C'est donc ça, Jeanne !

J'ai tourné le dos à ses envies aussi puantes que les égouts de Sabangali.

Sa main insistante sur ma cuisse, à deux doigts de la bavure sexuelle.

– J'ai raison, dis, Jeanne ? Une petite broussarde pucelle, native de Léré qui n'a encore jamais goûté à l'homme... Ça explique ton geste...

Ses mains s'affolent sur mes seins, tandis qu'il me vaporise son haleine de putois. Je pose mes mains sur les siennes, comme du sel sur une queue d'oiseau à piéger. Sa moustache frémit comme un ver de terre au-dessus de ses fines lèvres qui salivent déjà. Le droit de cuissage obligatoire dans les cachots du commissariat.

– Si tu oses, je te tue ! Parole de sara. Tu sais ce que ça signifie... À ma sortie de prison, je te retrouverai dans ta voiturette d'infirme, monsieur le commissaire !

Il s'écarte lentement, le moindre mouvement brusque et la vipère te mord. Les gens de Léré sont au courant.

– Tu es une drôle de fille, finalement, soupire-t-il en rempochant ses mains, ses envies, ses frustrations.

Il referme la grille sur moi.

– M. Fouad était un notable influent... Si j'ai un conseil à te donner...

– Je sais. Apprendre à jouer aux cartes, comme le comte de Monte-Cristo !

2

– Qu'est-ce qu'on va devenir ! gémissait Nina en mordillant son mouchoir parfumé.

– C'est quand même moi, la taularde ! lui ai-je fait remarquer.

Ça l'a calmée pour un moment.

– Dès que j'ai appris la nouvelle, j'ai accouru aussitôt ! reniflait-elle en essuyant sa face que le malheur barbouillait au mascara.

Un vrai masque bariolé de circoncision que l'on exhibait une fois l'an à Léré.

Ma sœur sentait ce parfum ghanéen dont raffolent tous les putois de N'Djamena.

Le gardien, un crasseux de faction au parloir, les dents en récréation, reluquait le cul moulé de cuir de Nina, sa face ronde où un rire vif acérait ses griffes, une vraie bombe à plaisir qui vous explosait au visage devant votre portefeuille garni. Nina était une figure très populaire du *Tagada*, une boîte de nuit où s'encanaillait la chair triste de N'Djamena, le trou du cul de l'Afrique, elle poussait la chansonnette devant un parterre de Blancs constipés suintant la bière et l'isolement.

– Comment as-tu pu... me grondait-elle à mi-voix, l'œil humide, bien globuleux. Enfin, Jeanne, pour une histoire de bengala !

À croire qu'ils s'étaient passé le mot avec le commissaire !

– Surtout, ne t'inquiète pas, petite sœur, je vais te sortir de là !

Elle confondait volontiers son vagin avec l'oracle de Delphes.

– C'est qui, ton commissaire ?

– Idriss Salamat.

Un bon client. Elle a claqué sa langue. Une bouchée. J'étais presque tirée d'affaire.

Et puis, elle est redescendue sur terre. Droite, grave, les mains jointes. Elle me contemplait dans ma tombe tandis que le vent du désert jouait aux boules dans le ciel avec des corbeaux égarés. Un bien-être m'a envahie. J'ai pensé : la mort est un dragon de papier qui crache et hurle mais s'en va en fumée devant une allumette.

On s'en fait tout un monde, mais une fois dans le cercueil, il doit y avoir comme un petit air de bonheur...

3

Le policier m'a désigné une chaise en paille avachie, rapport à tous les culs coupables qui étaient venus avouer dessus.

Derrière le bureau, le commissaire achevait de lire un rapport, sans m'accorder un regard. J'ai attendu sagement, en croisant les bras, les pieds, le cœur en charpie, amaigrie, sale de trois nuits de cachot, pas belle à regarder, la Jeanne de Léré.

À la fin de sa lecture, le commissaire m'a tendu un stylo.

– Signe en bas de la page.

Je n'ai pas cillé. Une statue de Pompéi. Tu obéis et ta tête tombe droit dans le panier.

– C'est ta déposition, a-t-il expliqué.

– J'ai rien déposé.

– Petite crâneuse, m'a-t-il signifié. La sœur jumelle de Calamity Jane.

Qui joue du fer à repasser comme Nina de la prunelle.

– Trace une croix si tu ne sais pas écrire, a-t-il soupiré.

Avachie sur la table, une pointe de langue sortie, j'ai écrit mon nom avec l'application d'une débile, sous le regard amusé du commissaire.

– Tu es certifiée ? a-t-il dit.

– J'ai le bac.

Il m'a décoché un sourire complice. Puis il a dit :

– Tu ne lis pas ta déposition ?

– On ne peut pas me couper la tête deux fois.

Il a tapoté le coin du bureau avec la pointe d'un crayon, avant de lâcher :

– Bon. Maintenant, tu peux t'en aller.

Je me suis dirigée vers l'escalier en colimaçon, lorsqu'il m'a lancé en riant :

– Tu te trompes de direction !

Du doigt, il m'indiquait la sortie.

– Espèce de sadique. Dieu vous punira ! ai-je balbutié en larmes.

– Assieds-toi une seconde, Jeanne.

Ce salaud me menait-il en croisière, coucher de soleil sur le Nil avant de m'enfermer à double tour dans mon cachot.

– Tu es incroyable ! Je te dis, tire-toi, et tu m'enterres dans une fourmilière !

Il m'a tapoté le dos de la main en déclarant :

– Je lis ta déposition. Au cours d'une séance de repassage, le 27 septembre 197..., Jeanne Baguirmi, vingt ans, bonne à tout faire chez M. Fouad, propriétaire de l'épicerie, rue du Commerce : *À la sardine du Levant*, a été témoin, au début de l'après-midi, d'un singulier accident. Elle repassait dans le salon lorsque M. Fouad, victime d'un malaise, sans doute dû à la chaleur, est tombé, la tête la première sur la pointe du fer à repasser que brandissait Jeanne B. La mort du malheureux a été instantanée. Le certificat du légiste, etc.

– Ce genre d'accident arrive tous les jours, a-t-il commenté, fataliste.

Et moi, j'écoutais bouche bée. Un poisson rouge hors du bocal ! C'est que je commençais à m'habituer aux vingt hivernages qui balisaient mon avenir de taularde. Mettez-vous à ma place !

– Quels sont tes projets ? a dit le commissaire en se postant derrière moi, les mains sur mes épaules.

– Repasser le premier salaud qui osera me toucher ! ai-je grondé en me retournant.

Il a éclaté de rire en regagnant sa place. Ah je le changeais de la broutille des assassins morbides, des « madame sacoche » qui composaient le menu de ses jours.

– Sais-tu cuisiner ? a-t-il interrogé.

– Bien sûr.

– Je veux dire, la nourriture des Blancs.

– Des rouges et des verts aussi !

Il m'a souri en gros plan, de belles dents jaunes, vraiment.

– Je peux t'aider, a-t-il réfléchi en me tendant une carte de visite. *Jonathan Gray*, a-t-il lu à haute voix. Une grosse légume de l'ambassade de France. Marié. Un couple sans enfant. Enfin... Ils ont perdu un petit garçon l'année dernière. Des patrons très comme il faut. Une villa au quartier résidentiel. Une bonne place de cuisinière, grassement payée. C'est très urgent...

Il tapotait le rebord de la table de ses doigts musiciens, une marche guerrière, sans me quitter des yeux.

– Débrouille-toi pour décrocher cette place... a-t-il marmonné entre ses dents.

Je me suis levée, la carte de visite entre les doigts. À cinq pas de la liberté. Du vieux palmier déplumé, planté devant le commissariat.

Il m'a raccompagnée jusqu'à la porte. La sentinelle a claqué les talons, au garde à vous. On s'est souri comme deux coquillages dans la tempête, accrochés au même rocher.

– Je ne comprends pas, commissaire...

– Tu es comme moi, native de Léré.

– Ça n'explique pas votre geste...

– Entre saras, il faut s'entraider !

– Vous me prenez pour une conne ?

– Bon point, a-t-il souri. Un jour prochain, tu sauras. En attendant, sauve-toi avant que je ne change d'avis !

4

Maman est rentrée au crépuscule, voûtée par le temps et le malheur, sèche comme le chardon, sa natte sous le bras, avec cette curieuse allure de jouet aux piles usées qui fonctionnent encore par le Saint-Esprit.

Elle s'est aussitôt attelée à préparer la boule sauce graine, le plat préféré de son époux. Elle s'activait en soufflant sur les braises, marmonnant des mots sans suite qui s'effilochaient comme ces poulets du supermarché, il m'a fallu du temps et une ouïe de panthère pour comprendre qu'elle conversait avec papa, toujours présent à ses côtés, rassurant, la pipe aux lèvres, comme du temps où ils posaient en fiancés guindés, devant l'antique appareil du photographe de Léré.

Elle n'a pas été surprise de me voir, allongée sur ma natte, comme si je n'avais jamais quitté la case et que ces trois jours de cachot à me morfondre au milieu des cafards et à dessiner à l'aide d'une épingle à nourrice, un fer à repasser, sur le ciment humide de ma cellule, n'étaient tout compte fait, qu'un cauchemar. Elle a écrasé des piments verts en marmottant que papa serait très probablement libéré demain ou cette nuit. Elle ressassait des espoirs hypothétiques qui s'éloignaient au fil des jours comme des mirages ; depuis la disparition de papa, sa vie s'était rétrécie jusqu'à n'emprunter que l'avenue de la Liberté qui menait au palais présidentiel.

Je tiens de maman. Je veux dire « la tête plus dure que caillou ».

« Ne renonce jamais, me conseillait-elle, accroche-toi à tes rêves, Jeanne, contre vents et marées et même contre Dieu tout-puissant ! »

Tous les jours, elle se rendait place de l'Indépendance et, assise sur sa natte, elle guettait jusqu'au soir la porte de la prison où végétait son époux depuis bientôt deux ans.

Chaque lundi, elle postait une lettre au ministre de la Justice, dont le nom changeait souvent, rapport aux assassinats, à la rébellion. Le message ne variait jamais : « Vous emprisonnez un innocent, coupable de militer contre la misère et l'injustice. Rendez-le-moi, au nom de Dieu, même mouton ! »

La vision de maman en train de préparer la boule sauce graine m'essorait le cœur.

Elle passait ses nuits, en sentinelle près du chaudron, veillant à renouveler le charbon pour que son mari mange chaud, quand il rentrerait.

Elle guettait la porte en épiant les pas d'homme sur le sentier...

5

Chez nous, le Blanc vit sur une autre planète, à des années-lumière de la crasse et la misère. Le quartier résidentiel de Jonathan Gray semblait sorti d'un film en Technicolor, bien peigné, avec des pelouses sans serpent, des chiens sans puce, qui aboyaient en français sur mon passage, et des moustiques qui n'osaient s'aventurer le long de cette allée de sable qui menait droit à la villa de M. Gray, surplombant le fleuve, tout éblouissante avec ses colonnades grecques et ses fleurs qui explosaient dans un jardin anglais.

Un vrai palais aussi beau que celui de Scarlett, vous savez bien, cette pimbêche, qui n'ouvrait la bouche que pour dire taratata.

Sous un flamboyant, un gardien m'observait sans bouger, sourd à mes coups de sonnette.

À l'intérieur régnait un grand silence, derrière les stores baissés.

Le gardien, un échalas, musulman du Nord, Toubou bien crasseux, en imperméable, s'est arraché à l'ombre avec regret. Il s'est accoudé au portail en détaillant mon boubou rouge à pois noirs, très élégant, mes escarpins dorés, mes tresses ornées de perles bariolées qui tintaient dans la brise du fleuve.

– Je viens pour la place, ai-je dit en souriant.

Il m'a décoché une grimace douteuse en crachant tout bas :

– Va-t'en !

À cet instant précis, une voix acide a retenti de l'intérieur de la villa :

– Qui c'est, Ali ?

Le gardien a trottiné jusqu'au perron, a chuchoté à travers le grillage de la fenêtre avant de se précipiter, coudes au corps pour ouvrir la barrière avec un sourire radieux, courbé, zélé, il aurait volontiers joué les carpettes pour m'empêcher de salir mes escarpins.

Dans le salon immense, avec une cheminée tout au fond, digne du pôle Nord, une Blanche, vautrée dans un canapé, m'a signifié de m'asseoir.

Son visage allongé, chevalin, luisait dans la pénombre de la pièce comme un morceau de lune tombé sur l'accoudoir.

Dans son peignoir vert, elle paraissait délicate comme une longue tige condamnée à grandir dans l'obscurité, et une peau si pâle, nourrie certainement au lait d'ânesse.

J'ai pensé aux héroïnes de la bibliothèque de papa, qui se meurent d'ennui dans une campagne verte en crachant leurs poumons.

Ces romans-là, fort bien écrits, me tombent des mains.

Elle me détaillait entre deux bâillements, avec de petits yeux perçants qui juraient dans ce corps lymphatique.

À cause des promesses de cachot du commissaire, je suis restée, subissant cet examen minutieux, digne d'un marché d'esclaves. D'un geste, elle m'a ordonné de me lever. Elle ne m'a pas dit bonjour, comment va. Et les chameaux. Et les moutons. Rien. Elle a entrouvert ses lèvres pincées pour me poser des questions de graveur de tombes. Ton nom. Ton âge. Enfin tout ça.

Elle n'a pas osé vérifier ma dentition. Sa voix mourante jurait avec ses yeux de rapace qui me butinaient sous toutes les coutures.

Elle était curieuse de tout. Combien de douches prends-tu par jour ? Vas-tu régulièrement aux cabinets ? Et les maladies... Là, elle a poussé un profond soupir que j'ai décodé : tu es un nid de microbes, ma fille...

– Es-tu mariée ? Hum, mauvais, ça ! Une célibataire, c'est frivole, ça vous revient aux aurores avec des cernes interdits aux moins de vingt et un ans !

– Mon fiancé s'appelle Émile. Il travaille à Paris. Il doit rentrer très bientôt pour le mariage !

Elle a promené son compteur Geiger sur moi, à l'affût du gros mensonge, avant de pousser un soupir au plafond :

– J'ai changé dix fois de bonne en deux ans... Puis, dans un sursaut, elle a tendu la main : Tes états de service !

Le commissaire avait fait les choses en grand. Je découvris avec étonnement que j'avais travaillé pour le beau monde : l'ambassadeur du Mozambique, l'attaché culturel d'Albanie et même pour le président Tombalbaye – Feu... Ce dernier certificat eut le meilleur effet. Elle est devenue mielleuse, attentionnée, sans aller jusqu'à m'offrir une tasse de thé, s'est embrouillée en me vouvoyant, avide de connaître mes spécialités. J'ai récité en vrac les recettes du gratin savoyard, de la potée normande, du coq au sang berrichon, des lasagnes soufflées au brochet de Nantua...

– Parfait ! Mon époux est si gourmand ! Moi, hélas, je suis au régime...

À cause de l'oreille du commissaire cachée dans le pot de géraniums, j'ai énuméré avec fougue le chapelet de desserts, la mousse au chocolat amer, la glace au miel, le suprême de poire... La main sur la bouche, elle m'a suppliée de me taire. Elle a bu un verre d'eau dans le salon-igloo.

Dans chaque pièce grondaient des climatiseurs aussi menaçants que des bombardiers.

– Je te prends à l'essai, a-t-elle décidé, après une visite médicale obligatoire... Si tu donnes satisfaction, tu auras trente mille CFA par mois. Mais au moindre écart, Boy, c'est la porte !

5

Aujourd'hui, 17 octobre, j'ai décidé de commencer mon journal.

Depuis trois jours, je suis la bonniche de Madame. Monsieur est absent. En mission.

– De la plus haute importance, me confie le commissaire.

Cet homme-là est le bâtard de Dieu. Ses oreilles et ses yeux traînent dans les pots de fleurs et les casseroles. Comment diable peut-il bien être au courant ?...

Dès que j'ouvre la bouche, il sait déjà. Son sourire de renard me glace.

– Monsieur revient samedi, me souffle-t-il près du portail. Tout se passe bien pour toi ?

Que répondre à cela... Je suis son pion, bien placé sur l'échiquier.

– Entre nous, commissaire, ce Fouad que j'ai repassé... Vous auriez dû me condamner...

– Tu es une intellectuelle, toi ! Quel caractère compliqué ! Fouad aurait pu être dévoré par un lion, piétiné par un éléphant lors de ses tournées. Tiens, sais-tu que nos crocos raffolent des Liba-

nais ? Qui mangent le pain des Nègres. Les risques du métier !

Le commissaire trouve des explications comme un scorpion sous chaque pierre.

– Fouad est mort. Par contre, toi, tu m'es infiniment plus précieuse dans cette villa. C'est clair ?

– Non.

Il s'approche de moi en dodelinant de la tête, comme le cobra hypnotiseur :

– Ta mission chez ce Blanc est d'intérêt national.

La villa a au moins dix pièces et autant de cheminées, à croire que le cercle polaire passe au-dessus du toit.

Calme blanc. Pas d'amis. Monsieur est en mission. Le téléphone ne sonne presque jamais. Un cimetière hanté. Madame vit, cloîtrée dans sa chambre.

Quand elle a besoin de moi, elle agite sa petite clochette. Dehors, Ali le gardien tourne avec l'ombre du flamboyant. Derrière la cuisine, au milieu du jardin, le petit cheval Sahara grignote la paille salée de sa hutte sous une lune ronde.

Au début, Madame enfermait des mouches dans le sucrier, laissait traîner des pièces et des billets.

J'ai réussi mon examen d'admission. J'astique ce palais avec vaillance. Les murs croulent sous les masques et les sagaies et les statuettes de fécondité, tous ces trucs que les Blancs se croient obligés d'exhiber pour se convaincre qu'ils vivent bien au cœur de l'Afrique...

Hier matin s'est produit le premier incident. Madame a pilé devant la chambre du fond. A sorti une clef.

– Tu passeras le chiffon en ma présence, tous les lundis.

Une pièce d'enfant. Sur la table de nuit, le portrait d'un blondinet tout bouclé, ravissant, de huit ans. Dans les coins, des oursons chagrins, qui attendent en vain le retour de Jason.

Madame baisse le front. L'endroit sent les jeux de nuit du petit fantôme. Elle mord son mouchoir. Soudain, une petite vieille qui sanglote sur ma poitrine et veut mourir.

– Jason nous a quittés depuis bientôt un an !

Des larmes brouillent ma vue. Je la serre très fort contre moi. Je fonds à mon tour, incapable de contenir mon chagrin. Je caresse son dos, j'embrasse ses joues. Soudain, elle se raidit, me repousse comme si j'étais la tueuse du petit.

– Ne t'avise plus jamais de me toucher ! hurle-t-elle en me menaçant du doigt.

Nina qui pratique beaucoup les toubabs *est de mon avis. De drôles de créatures, imprévisibles, qu'on ne comprendra jamais. Sous l'équateur, ils se dérèglent comme des gadgets électroniques...*

Je cesse de passer le chiffon sur des meubles historiques où des rois de France se sont accoudés.

Avant d'avoir la tête tranchée. Je deviens songeuse. À quoi peut bien ressembler Monsieur...

Samedi 19 octobre

Depuis le retour de Monsieur, Madame est tout excitée. Sa clochette retentit à tout instant.

– Apporte-moi mes mules.

– Elles sont à vos pieds !

– Qu'as-tu préparé pour le dîner ?

Je répète, pour la troisième fois, les yeux au plafond :

– Des cailles aux raisins secs, des pommes dauphine, une tarte tatin.

J'enrobe mes mots de ruban avec un regard mélancolique de chien saint-bernard.

Monsieur est tout le contraire de sa femme. Un ogre qui dévore la vie. Dès le réveil, à la fraîche :

– Un café très serré, Jeanne ! Un jus d'orange glacé, des toasts comme s'il en pleuvait ! N'oublie pas le beurre salé et la confiture au citron, tu es une fée !

J'aime le voir déguster ma cuisine. Les êtres qui se nourrissent de biscottes me sont suspects. Madame, par exemple...

Ces deux-là ont dû se marier sous la menace d'un fusil à éléphant. Monsieur déjeune à l'ambassade de France avec de grosses légumes qui sourient au journal télévisé.

Au crépuscule, il revient au volant de sa Jeep, bondit sur Sahara et galope dans le couchant le long du fleuve, comme un môme avide d'attraper le soleil avant qu'il ne se noie.

Ne me demandez pas à quoi il ressemble ! Il est grand, élancé, basané, le cheveu court, tellement plus jeune que Mme Clochette !

Ses yeux, un matin, je les ai découverts, verts, profonds comme l'océan que je ne connais que dans les livres. Avec un sourire si chaleureux qui rend Clark Gable vraiment niais.

Amoureuse, moi ? Qu'allez-vous imaginer ! Je suis Jeanne, la bonniche, timide et terne qui récure les WC.

L'aube est un moment précieux. J'aime surprendre Monsieur après la douche, avec son sourire d'écureuil, chaud et rond, qui se détache comme un soleil dans la brume qui monte du fleuve.

– J'aime ton pays, Jeanne.

– Il me tutoie, mais pas comme sa femme qui me jette du « Tu » comme un os à un chien !

Je crois qu'il m'aime bien. Je suis la parfaite femme de maison qu'ils recherchent depuis deux ans.

Monsieur dort à droite. Je reconnais son odeur de pain chaud, croustillant sur l'oreiller. Dois-je décrire celle de Madame ? Non, n'est-ce pas...

Il s'appelle Jonathan. C'est beau, des sons comme une prière, que je prononce en secret, comme une magicienne au-dessus de son chaudron...

J'ai attrapé une manie : chaque matin, quand je bats leur matelas, je flaire les draps comme une chienne en chaleur. Une drôle d'habitude... Ils sentent la transpiration de deux corps solitaires qui ne se mêlent pas. Ces deux-là se frôlent comme des patients dans la salle d'attente du dentiste. Il l'embrasse sur le front en mari pressé, qui a d'autres marsupilamis à fouetter ! Elle, c'est tout le contraire ! Une mendiante, éplorée, les yeux levés vers lui : « Tu rentres quand, mon chéri ? »

Leur vie est une pièce de théâtre moderne, très ennuyeuse. Moi, j'ai droit à un vrai sourire. Pensez ce que vous voulez ! Je me fais du cinéma ? Et puis après ! Moi, je sais ! Notre code, nos silences secrets.

Ce soir, Madame joue à la marelle avec ses fantômes dans sa chambre.

Je suis seule avec Monsieur, sur la véranda. Il repose son livre, soucieux.

– Je peux te demander un service, Jeanne ?

– Oui, Monsieur !

– Si tu remarques quelqu'un en train de rôder par ici, tu me le dis.

– Poliment, Monsieur !

– Je savais que je pouvais compter sur toi !

Il me serre la main pour me remercier.

Soudain, à dix pas, dans le noir, un froissement d'herbe. Un rôdeur ? Un serpent ?

Je confirme d'un hochement de tête. J'ai entendu aussi. La lune surgit d'un nuage, révèle la silhouette d'Ali tapi dans les ténèbres.

– Ah ! celui-là ! grommelle Monsieur.

Un regard de connivence. Tout est dit. L'œil de Moscou. Qui accourt avant d'être sifflé. Le Judas attitré de Madame. Un Toubou du Tibesti qui prie Allah cinq fois par jour, lui mendie des flagrants délits à rapporter à sa maîtresse...

Depuis notre première rencontre, nos rapports n'ont pas varié. Quand nous nous croisons, il se fige, le rictus par en dessous, comme une ombre au courant de mes secrets. « Je repasserais bien ta face », maugréé-je entre mes dents.

Il porte au cou des gris-gris et au bras des bracelets de protection, à croire que le monde est peuplé d'êtres malfaisants dont il faut éloigner les mauvais sorts. Je sais qu'il a enfoui comme tous ceux de sa race, autour de la maison, des têtes de serpent, des dents de caïman, des poudres magiques.

Avec lui, bonjour, bonne nuit. Je suis coupable d'être femme. Précision, le diable déguisé en jupon. Dont la poitrine agressive lui coupe la respiration. Pour trouver grâce, je devrais vivre voilée, recluse dans la cuisine et lui pondre au premier de l'an un marmot aux yeux dévorés de mouches.

La femme est classée bonne dernière, après le scorpion du Tibesti...

22 octobre

Madame est très nerveuse, à cause du simoun, *ce vent de sable à l'haleine de lance-flammes qui souffle depuis deux jours.*

Le sable se glisse sous les portes, dans les maisons, entre les dents.

Madame tord sa saleté de mouchoir comme un cou. Le mien. Celui d'Ali, le béni-oui-oui de service, qui agite la queue, s'excuse de n'avoir rien fait, le sourire piteux :

– Tu as raison, patronne, il faut pardonner !

Sale hypocrite !

Comment voulez-vous engueuler un type qui est d'avance d'accord sur tout et qui vous tend même un bâton !

Pauvre Jonathan...

Cet après-midi, le commissaire a surgi devant le portail.

– Je vous attends depuis samedi !

Il n'a pas daigné relever la remarque.

Je ne l'amusais pas aujourd'hui. Une rigole de soucis ridait son front dégarni. Il m'a entraînée loin de la villa, sur le chemin de sable.

– Ton patron va ramener chez lui un dossier Top Secret, confidentiel. Tu ne peux pas te tromper, une chemise rouge, « Otages du lac Tchad ».

Tu me le donneras, juste après son départ, le matin, je te le rapporterai l'après-midi vers quatre heures. Tu dois être très prudente. Ton boss est un sacré malin !

– Et si vous me mettiez au parfum ?

– Moins tu en sauras... C'est pour ton bien, Jeanne. Si tu nous aides, ton affaire sera définitivement classée.

Moi, cette histoire ne me plaisait pas. Pour être franche, je n'étais pas du tout emballée...

Tout le pays parlait de « l'affaire des deux otages toubabs » capturés par le Frolinat, les rebelles d'Hissène Habré. Qui voulaient les échanger contre des camions pleins de millions et les trente prisonniers retenus par le président Malloum. Dans cette palabre, la France était interdite de séjour. Même si les otages étaient suisses et français... Devant le pourrissement de la situation, des espions de l'ambassade de France avaient pris contact avec les rebelles... Et Jonathan serait un des émissaires...

Monsieur est si bon pour moi. Avant-hier, par exemple, il m'a offert un vélo neuf. Tout bleu. Avec une sonnette azur.

– Tu te fatigueras moins pour venir de Sabangali.

Pas un mot de plus. Dix kilomètres à pied de la case à la villa. Le seul à s'inquiéter de ma sécurité.

– Avec ces rebelles qui s'infiltrent la nuit, c'est plus prudent.

Voilà le genre d'homme que je dois trahir...

23 octobre

La tempête de sable s'introduit partout. J'ai beau aspirer, tout est à recommencer. Comme Sisyphe, le toubab antique condamné à rouler un énorme rocher au sommet de la montagne.

Madame passe un doigt sur le buffet, le brandit sous mon nez, avec une grimace d'adjudant. Derrière elle s'impatiente le peloton d'exécution.

Moi, j'ai l'esprit ailleurs. La trahison ou la prison. Tu parles d'un choix !

J'attends en vain le clin d'œil de Dieu...

Au début, Madame louait mes dons culinaires, mon torchon enchanté. En deux semaines, je suis passée du prix d'excellence au bonnet d'âne.

En présence de Monsieur, pas de cris, juste une mine affligée :

– Boy, je t'ai dit cent fois : pour le dîner, je veux une jardinière de légumes et pas cette purée !

Monsieur se ressert en purée. Il aime ma cuisine, il me le dit avec ce sourire pratique qu'il doit quand même retirer au lit, comme un dentier.

J'ai compris pourquoi. Son silence devant sa femme. Son sourire caoutchouté que je brûlais de lui arracher comme un masque grossier. Sa hâte de filer se pendre ailleurs, loin de la villa. Moi, ce Blanc-là, il m'intrigue... Enfin, c'est vous l'homme oui ou merde ! J'attends en vain qu'il écrase la face de vipère de cette mégère...

– Dans mon métier, m'a-t-il confié, je représente la France, bien modestement, je dois sourire en toute occasion.

– Même quand on vous crache dessus ?

– Surtout, oui.

Sa fonction l'exige. J'ai mieux compris son rôle de carpe. Enfin, pas tout à fait.

Un homme doit dire ce qu'il pense. Sous son toit. À ses ennemis. À Dieu ! Sinon, autant se réincarner en autruche ! Au moindre conflit, hop la tête dans le sable !

25 octobre

– Alors, il vient ce thé ? m'a lancé Madame sans me laisser le temps de descendre de vélo.

Sa façon de me dire : « Bonjour, Jeanne, comment va. Et ce dimanche, bien passé ? Je suis heureuse de te revoir ! »

Il suffit de décoder.

Monsieur est déjà parti au bureau. J'ai filé droit dans leur chambre. Aucune carte dans leur drap. Ma consolation du jour.

En peignoir vert crapaud, Madame arpente le salon comme un géomètre peu doué qui fume des centaines de cigarettes. À midi, Monsieur est rentré déjeuner. Un événement. Cent coups de canon !

Aux radis, ils ont déclaré la guerre des tranchées, casqués, armés de mousquetons. Aux endives, moi qui servais avec un drapeau blanc, j'ai eu droit à une balle en plein front :

– Boy, a lancé Madame en soupirant, s'il te plaît, un peu moins de sable dans le rôti...

– Merde à la fin ! a éclaté Monsieur. Pourquoi l'appelles-tu Boy ? D'abord, c'est incorrect. Tu dois dire Boyesse ! Ensuite, elle se nomme Jeanne. Enfin, on n'est plus au temps des colons !

Elle a encaissé avec sa face de pub, plus blanc que blanc.

– Jon, il faut qu'on parle sérieusement !

– D'abord, je m'appelle Jonathan. Ensuite, je n'ai pas le temps. Enfin, tu me bassines avec tes lamentations !

Il a jeté sa serviette sur la table en repoussant sa chaise. Puis les vitesses de sa Jeep ont craqué dans un nuage de sable.

– Qu'est-ce que tu attends pour débarrasser, Boy ? Le déluge ?

Tu l'as dit, pouffiasse !

Elle a couru sangloter dans sa chambre. Elle en est ressortie peu après, portant des lunettes de soleil dans la grotte du salon. Trois coups de clochette. Signal d'alarme. Côte d'alerte !

– Je te retiens quinze mille sur ton salaire.

– Pourquoi, Madame ?

– Et le vélo ?

– Mais c'est Monsieur qui...

– D'abord, c'est moi qui l'ai payé, ce vélo ! Ensuite, si tu réponds encore, je te fiche à la porte ! Enfin...

Elle tremblait tant qu'elle s'est contentée de se taire, touillant interminablement son café comme si le sucre était en caoutchouc.

Coupe sèche dans mes gages...

– Comme Madame voudra.

Elle m'a guignée, inquiète, comme une bombe à retardement...

D'un geste las, elle m'a renvoyée à mes casseroles graisseuses, au sable qui nappait les meubles d'une mince couche dorée.

Son humeur massacrante est due à ses trucs gynécologiques, comme moi, comme vous. Ça passe. Mais avec Madame, attention ! Roulements de tambour ! Et dodo, le tam-tam sacré ! C'est l'événement ! Le monde entier doit être au courant ! On l'entend hurler jusqu'au bout de l'allée ! Une diablesse, avec des mots pas beaux à répéter ! Ou bien, elle se réfugie dans sa chambre aux volets clos. Me sonne toutes les cinq minutes.

– L'eau n'est pas fraîche, Boy ! Et cette pomme ? Farineuse !

Rentre tes piquants, Jeanne, fixe tes pieds. Ta fureur ravalée te collera de jolis boutons.

Jeanne Baguirmi, nominée aux Césars, dans le rôle de Cendrillon.

Ce soir-là, je lui ai préparé un fameux dessert. Bien caramélisé. Quand elle m'a sonnée pour ordonner de servir la crème brûlée, j'ai obéi en poussant devant moi le vélo. Madame tremblotait du menton, comme une poule qui n'en revient pas d'avoir pondu un œuf carré.

– Voilà, j'ai dit, je vous le rends.

– Il ne te plaît plus ? s'est étonné Monsieur.

– Au contraire. Madame me retient quinze mille sur mon salaire. Le prix d'une bicyclette d'occasion.

– C'est vrai ? a interrogé Monsieur.

– Je n'ai jamais dit ça ! s'est insurgée Madame en levant les bras au ciel. Regarde-moi dans les yeux, Jeanne : ose répéter devant mon mari ce mensonge !

Quel toupet ! Ah ! elle est forte, la garce ! Je suis au tapis, groggy. Et admirative aussi ! Un tel aplomb ! Je la fixe sans ciller, puis, d'une voix lasse, je dis :

– Je rentre à pied.

Je lave la vaisselle tandis qu'ils continuent de se disputer.

– C'est ça, prends son parti ! hurle-t-elle. Tu veux savoir ce qu'elle m'a dit, pour le vélo ? Écoute-moi, Jon ! Gardez votre merde qui n'avance pas. Je veux un moteur ! Votre machin, foutez-le-vous au cul ! Tolérerais-tu qu'on te parle sur ce ton ?

Sale vipère ! Un verre s'échappe de mes mains, explose sur le parquet.

– Et maladroite, mon pauvre ! Elle ne comprend rien. N'obéit pas. Se fiche de tout ! Reçoit son amant ici, dans ma maison, le genre maquereau, demande donc à Ali !

Je dénoue le tablier, disparais par la porte de la cuisine, contourne le salon, me dirige comme un automate vers le portail. La nuit est enluminée de balles traçantes. Sa voix vinaigrée me poursuit le long du chemin de sable.

– Une putain, voilà ce qu'elle est, à quatre pattes lorsque tu rentres pour frétiller de la croupe sous ton nez, sous prétexte de frotter le tapis ! Tu crois que je n'ai pas remarqué son manège, tes yeux brillants ? C'est décidé, je ne remettrai plus les pieds à la villa !

6

Le 26 octobre, je m'en souviens, Allah m'a souri. Et Jéhovah. À cause des migraines gynécologiques de Madame, Monsieur m'a accompagnée en Jeep au marché des riches. Ce soir, Madame invite à dîner. Une exception à la villa. Mes patrons sont aussi solitaires que les résistants viets, au fond des rizières, qui respiraient à l'aide d'un bambou.

Assise à côté de Monsieur, j'étais folle de joie dans ma robe bleue fleurie de marguerites, et le vent du matin agitait en vagues mes tresses ornées de perles.

Ali, installé à l'arrière, nous collait, sous prétexte d'acheter un sac de mil pour Sahara.

Les toubabs égrenaient leurs pelures de princesse en marchandant âprement deux poireaux, trois navets, talonnés de leurs bonniches.

Quand je me rendais au marché avec Madame, quelle métamorphose ! Sans sa clochette, une vraie sainte !

« Le panier n'est pas trop lourd, Jeanne ? » s'inquiétait-elle. Elle m'appelait par mon nom comme on jette du mouron aux oiseaux. Les marchandes me lançaient :

« Ta patronne est un beignet de miel ! » Et moi, je ripostais en sara : « Une pluie de crapauds sur elle. »

Avec Monsieur, on a acheté sans marchander. Ces paysannes se lèvent très tôt, parcourent à pied des tas de kilomètres pour vendre le produit de leur jardin. Monsieur laissait la monnaie.

« Tu baises avec lui ? » me taquinaient-elles en sara. Cramoisie, je ripostais : « Tous les matins, au petit déjeuner ! »

Des torrents de rire éclataient sur notre passage. Monsieur riait de ma bonne humeur. Du moins, c'est ce que je pensais.

Quand j'ai appris qu'il parlait aussi le sara, j'ai eu honte ! Enfin, une petite minute, parce qu'on traversait à cette époque-là une zone de turbulence, avec policiers derrière les haies, enquêtes, enfin tout ça...

Les vendeuses le trouvaient joli garçon. Pas seulement à cause de ses yeux verts, surtout à cause de son torse velu.

Le Pérou quoi !

Ce samedi-là, j'ai découvert ses yeux si clairs.

Si Dieu veut, un jour, je me pencherai au-dessus d'eux et, à travers leur eau si limpide et fraîche, je pourrai aussi apercevoir ces brillants petits cailloux...

Il pourrait être noir, blanc, café au lait, maigre, bedonnant, un duplicata du roi de la sardine, je m'en fiche !

Quand il me sourit, je veux dire vraiment, j'oublie mon nom et toute cette vie derrière moi aussi tatouée qu'un champ d'orties.

De loin, le commissaire m'a fait un signe de la main. J'ai honte de l'avenir que je lui prépare. Du maudit projet.

On s'est installé au bar de l'hôtel *La Tchadienne*, devant deux bières allemandes et des arachides salées.

J'étais ravie d'être en face de lui et de voir Ali, sur le parking, à l'arrière de la Jeep, attraper une insolation.

Il me disait plein de choses gentilles, que j'étais un cordon bleu et que c'est drôlement agréable lorsque votre moitié vous offre chaque jour que Dieu crée, une face de carême.

Soudain, j'ai sursauté en apercevant maman en train de traverser la place de l'Indépendance pour se poster sur son coin de trottoir, en face de la prison.

Maman était connue comme le loup blanc. Chaque soir, elle me suppliait :

« Ton patron tutoie le Président. Au nom de Dieu, traîne-toi à ses pieds, supplie-le de faire libérer papa ! »

Elle me harcelait sans relâche, jusqu'à ce que je lâche épuisée : « D'accord, promis, je lui parlerai. Dès demain ! Je te le jure ! » J'oubliais mes résolutions dès que je franchissais le portail de la villa.

Mettez-vous à ma place... Comment lui demander un pareil service et aussitôt après le trahir...

Il m'a tendu un mouchoir. J'ai compris que je pleurais depuis un moment...

– Et si tu te confiais, Jeanne, m'a-t-il chuchoté en caressant ma main.

Une pochette d'allumettes traînait entre nous.

– Un crayon, s'il vous plaît.

J'ai écrit à l'intérieur, François Baguirmi.

Il a lu ce nom en haussant les sourcils.

– C'est papa, ai-je marmonné. Avant, dans le Sud, à Léré, on était heureux jusqu'au jour où une garnison, les Forces de sécurité, s'est installée pour nous protéger des rebelles qui occupaient la région nord du Tibesti, l'Est et perçaient dans le Sud. Une pieuvre aux multiples tentacules.

« Pour lutter contre cette gangrène, l'État implantait des garnisons au hasard, dans l'ensemble du pays, avec anarchie.

« Nous avons été surpris d'apprendre que nous vivions au cœur du danger. Au début, les militaires n'ont pas été trop méchants. Ils ont exigé que les villageois construisent le fort. Au nom de la raison d'État. Gratuitement.

« Le chef de la police, Nomaye, m'a convoquée, après l'école sous prétexte que mes cours étaient antigouvernementaux.

– Tu enseignes des idées subversives, m'a t-il menacée. Puis il s'est adouci, prêt à passer l'éponge et fumer le calumet de la paix. Il me poussait fermement vers sa chambre, derrière son bureau. Je lui ai craché au visage.

« À la maison, je n'ai rien dit. J'étais très inquiète. Avant l'aube, ils sont venus cogner à notre porte. Armés, menaçants. Papa a été embarqué dans un camion sans avoir eu le temps de nous embrasser. Maman a été voir Nomaye, qui a sorti un dossier épais : “ Ton mari est le chef de la rébellion de Léré ! ”

« L'armée se comportait en territoire conquis. Un mois plus tard, les soldats ont mitraillé un mariage, sans sommation. Les rassemblements de plus de cinq personnes étaient strictement interdits. Ils avaient appliqué à la lettre le règlement. On a enterré Antoine, mon frère aîné, à la sauvette, la nuit. À cause des militaires. Une semaine après le meurtre d'Antoine, on a retrouvé le chef de la police égorgé dans son lit. Le crime parfait. Pas de trace. Ils sont venus arrêter mon cadet, François, qui a réussi à leur échapper. Ils ont promis une forte récompense pour sa capture.

– Qu'est-il est devenu ? m'a demandé Monsieur.

– Depuis deux ans, nous sommes sans nouvelles... En tout cas, ce n'est pas lui qui a tué le chef Nomaye.

– Comment tu sais ?

– Une intuition...

Il a allumé une cigarette, pensif, me l'a offerte, j'ai tiré dessus, moi qui ne fume pas, pour goûter ses lèvres, comme une bique avide de téter...

Un soir, un homme est venu à la maison, avec un message de papa, une feuille gribouillée de mots fébriles que l'on jette à la hâte avant de se noyer. Il vivait dans un cachot, à N'Djamena, dans la prison du palais présidentiel... Son message s'interrompait brutalement, faute de place... Le lendemain, on a ramassé nos affaires dans des valises en carton et deux jours plus tard, on a débarqué dans la capitale. Maman a trouvé une case, au quartier de Sabangali, non loin de la prison...

La salle se remplissait comme un œuf. Au guéridon voisin, des Blancs beuglaient en buvant du pastis et de la bière, une vraie foire à bestiaux ! À l'arrière de la Jeep, Ali nous surveillait comme un oiseau de proie. Monsieur a commandé un whisky :

– Ta maman sait-elle qu'ils ont emprisonné ton père à cause de toi ?

– Je n'ai pas osé lui raconter... Je me sens coupable...

Il a relu le nom de papa en glissant la pochette d'allumettes dans la poche de sa chemisette.

– Je vais voir ce que je peux faire, Jeanne. Je te le promets. Ne sois pas pressée. Ce genre d'enquête exige du temps. Surtout, pas un mot à ta mère !

J'ai fondu en larmes en embrassant sa main.

Au guéridon proche, trois Blancs rouges comme des Mohicans souriaient en douce, flairant une affaire de cul bien gratinée.

– Ces forestiers croient que nous sommes ensemble ! a-t-il chuchoté.

J'ai éclaté de rire en pleurant de plus belle. Un arc-en-ciel sous la pluie.

– Où étais-tu avant de venir chez moi ?

– Ici et là...

– Tu as même travaillé pour le président Tombalbaye !

– Oh ! six mois à peine, avant les événements...

Cet homme est une sorte de commissaire. Sûrement au courant... Il pose des questions, le nez en l'air, comme un chat qui sait parfaitement que l'oiseau va se percher sur son museau. Alors, je me suis jetée à l'eau en lui racontant Fouad, le roi de la sardine, qui avait eu le tort de me confondre avec un melon qu'on renifle et pétrit. Après six mois de service, il m'avait proposé de m'entretenir dans un studio et de m'offrir tous les crayons de couleurs que je voulais ! Pourquoi les Blancs croient qu'ils peuvent nous acheter avec ces trucs en couleurs... Mystère. Fouad ne manquait jamais de me frôler dans le couloir, les recoins de l'appartement, la main baladeuse, la bouche pleine de « s'cuse-moi, pardonne, un mot un seul et tout est à toi ! » Il posait, les bras croisés devant ses étagères croulant de conserves et lui, grassouillet, en super-lot. Tu parles d'une tombola !

« Tu es comme ma fille ! » s'égosillait-il de sa voix d'eunuque, trop haut perchée. Ah ! il insistait pour enrichir ma culture cinématographique. À l'heure de la sieste, dans une pièce obscure où il m'entraînait sous mille prétextes, il projetait en super 8mm les classiques égarés jusqu'à N'Djamena : *Ça glisse au pays des merveilles* ou encore son préféré : *Les dix commandements d'une pipeuse !*

Monsieur a éclaté de rire :

– Ensuite, tu as atterri chez nous !

J'ai chassé la face repassée du roi de la sardine grillée, le cachot. Le complot. L'arrangement du commissaire. L'horloge au-dessus du bar marquait midi. Il a dit :

– On s'en va, Jeanne. Je voudrais t'avouer combien je suis heureux depuis que... enfin tu es à la villa...

Il bafouillait comme un adolescent. Rougeurs, sueur. Ne manquaient que les boutons.

J'ai effleuré des lèvres mon poignet droit qu'il venait de serrer un instant. Et puis, j'ai cessé de repeindre le monde en bleu. Juché sur un haut tabouret du comptoir, le fils Fouad m'observait depuis un moment. Ses jambes de nabot au-dessus du sol. Malgré la climatisation, sa face graisseuse luisait de bière et d'autres méchancetés que je préfère taire ! Une sale tête de bagnard, vraiment ! qui a cassé dix ans des cailloux à cause de vous. Il a atterri au sol. J'ai tout de suite pensé : ce salaud va me bousiller ma matinée ! Des tas de gens viennent au monde pour ça... Monsieur s'est retourné pour examiner l'inconnu qui zigzaguait lourdement entre les tables, dans ma direction.

Quand il est parvenu à ma hauteur, il a pilé devant moi, les poings sur les hanches en me confirmant d'un hochement de tête, un avenir garanti dans une fosse de serpents...

Au cours du dîner, Ali a surgi sur le seuil du salon, dans son imperméable miteux, la calotte à la main, pour claironner :

– La police demande madame Jeanne !

Les invités ont cessé un instant de bourdonner. J'ai reposé le gigot d'agneau en m'excusant.

À cet instant précis, la soirée s'est mise à tourner à la mauvaise vitesse.

À la barrière, le commissaire patientait en fumant.

– Vous êtes fou ou quoi ! ai-je hurlé.

– Désolé, Jeanne. Il s'agit de l'urgence...

Monsieur venait de surgir sur le perron, la serviette à la main.

– Rien de grave, Jeanne ?

– C'est mon oncle, Monsieur ! Je reviens tout de suite !

Le commissaire m'a entraînée par le coude, le long de l'allée de sable.

– Le dossier en question est à la villa. Dans un tiroir de son bureau...

Il a consulté son bracelet-montre lumineux :

– Dans deux heures, je reviens. Tu ne peux pas te tromper. La chemise est rouge et mentionne au feutre noir : « *Otages du lac Tchad* ».

– Mais c'est impossible ! J'ai dix invités ! Je cuisine, je sers, je ne peux pas en plus jouer les Mata-Hari !

– Débrouille-toi, ma chérie.

– Revenez demain !

Les mains dans les poches, il me surplombait, une cigarette brasillante au coin des lèvres, encore un qui croyait que la terre ne tournait que pour lui. Il me soupesait au creux de sa paume, en silence, comme un pion qu'il déplaçait à son gré d'une villa blanche à la prison.

Il m'a signifié ce message en tapotant mon épaule.

– Dans une heure, a-t-il ajouté.

Je me suis éloignée, la tête basse. Dommage que l'allée n'avait pas de puits. Je serais allée directement, sans la moindre hésitation, tout au fond.

Après avoir servi le gigot aux flageolets, sauce menthe, je me suis faufilée dans le couloir, j'ai grimpé les escaliers en bois qui menaient au bureau de Monsieur. Sous mes pieds, je les entendais s'esclaffer.

Les sandales à la main, je me suis approchée du bureau où le fameux rapport était enfermé. Le tiroir de gauche était verrouillé. J'ai saisi un coupe-papier et, en douceur, j'ai ouvert le tiroir sans la moindre éraflure. Bon point. Le dossier était bien là. Ma vie tenait à ce document... Monsieur ne le consulterait que demain, dimanche. Je l'ai pris puis, je ne sais pas pourquoi, je l'ai remis très exactement à sa place, comme un serpent sur le point de se réveiller.

Madame agitait sa clochette avec insistance. J'ai refermé le tiroir avant d'éteindre la petite lampe du bureau.

– Tu en as mis du temps, Jeanne ! m'a-t-elle lancé de sa voix plaintive, publique.

Le plateau de fromages était prêt. Au moins vingt marques importées directement de France, par avion. Six mois de mon salaire, ai-je soupiré en pénétrant dans le salon.

Les tartelettes étaient à point. J'ai éteint le four puis j'ai extrait les crèmes caramel, le dessert préféré de Monsieur. Je travaillais vite, l'esprit vide, incapable de deviner quelle hyène masquée allait bondir pour me sectionner la carotide...

Soudain, j'ai entendu un frottement. J'ai saisi d'instinct le couteau de cuisine en m'avançant à pas de loup vers le grillage de la fenêtre de la cuisine.

– Vous êtes inconscient ! ai-je grondé à mi-voix en découvrant la face du commissaire. Ali va sûrement vous voir !

– Ne t'inquiète pas pour ça. Alors ?

Il a agité les mains sous mon nez.

– Le dossier n'y est pas.

– Tu mens.

– Je vous le jure ! J'ai crocheté la serrure du tiroir.

Il a soupiré, silhouette sombre, sous les étoiles.

– Vous avez été mal renseigné...

Il a écarté mes paroles comme de grosses mouches en me considérant avec intérêt, comme un gadget surprenant qu'il croyait parfaitement manipuler et qui soudain lui échappait... Il m'a même souri en me glissant :

– Tu sais à quoi tu t'exposes...

Ma gorge nouée me brûlait. J'ai acquiescé, docile.

– Jeanne, réfléchis bien. Un dossier à couverture rouge... Je reviens demain matin à huit heures...

Puis il a reculé d'un pas, s'écartant du halo lumineux de la cuisine et la nuit l'a cueilli comme une fleur pour le déposer par magie, sur le sentier qui longe la buanderie, au fond du jardin...

J'ai muselé un cri. Monsieur se tenait derrière moi, en panthère silencieuse, deux coupes de champagne à la main.

– Tu es sûre que tout va bien, Jeanne ? s'est-il inquiété en m'offrant une coupe.

Avait-il surpris nos conciliabules ?...

– Je ne bois pas, ai-je marmonné.

– À notre santé, Jeanne !

Il a murmuré ces mots comme une prière, celle du renard qui s'adresse au Petit Prince : « S'il te plaît, apprivoise-moi ! »

On a trinqué avec un bruit de cristal, beau comme un baiser.

– Tu es une fée, Jeanne et le repas somptueux !

À cause de mes tremblements, il a pris ma coupe qu'il a posée sur un coin de table, puis, ses mains sur mes épaules nues, il m'a soufflé, avec un sourire entre la morsure et le baiser :

– Et si tu me racontais tout ?

J'ai fondu. J'ai pleuré. J'ai tout avoué. Enfin, la machination du commissaire qui menaçait de m'emprisonner si je n'exécutais pas à la lettre son plan.

Il me serrait dans ses bras en me chuchotant :

– Continue, Jeanne.

Moi, j'aurais bien aimé lui confier d'autres secrets, encore plus intimes, pour gagner une minute de plus dans ses bras. Mais il s'est détaché de moi, il en savait bien assez.

Son visage était redevenu impassible. Le fameux masque, quoi. Il a vidé le fond de sa coupe en oubliant de trinquer.

Pour moi, plus rien d'autre ne comptait que ces minutes précieuses, contre lui.

Madame agitait à nouveau sa clochette. Il s'est penché sur moi et m'a embrassée. Une seconde. Avant de s'éclipser au salon, il a murmuré : « Merci, Jeanne », avec plein d'étoiles dans les yeux.

Le reste de la soirée s'est déroulé sur un tapis volant.

Vautré dans un fauteuil du fumoir, cigare au bec, cuisses écartées, le vieux docteur avalait son cognac, la bouteille à portée, la bedaine offerte aux papouilles d'un climatiseur, le teint couperosé, le crâne dégarni, il évoquait l'Afrique du bon vieux temps, tout dépend de quel côté de la barrière tu es, lorsque les Nègres n'étaient pas comptés et mouraient en construisant les voies ferrées, les routes et que les autorités coloniales payaient deux francs de galère par jour avec la garantie de creuser un trou propre, bien profond au cas où ils auraient la mauvaise idée de mourir avant la fin du contrat ; et les invités écoutaient bouche bée, ces histoires de l'ancien temps où les sauvageonnes avaient plus d'une polissonnerie dans leur sac et adoraient couiller avec le Blanc, se déculottaient au doigt et à l'œil, en échange de crayons de couleurs, et le toubib avalait son cognac en me lorgnant en douce, espérant, qui sait, que j'allais selon l'usage, en fin de soirée, me couler entre ses cuisses et pomper son dard, en hommage à l'Afrique, Y a bon Banania ! Quand tout ce joli monde bousculé par le couvre-feu filerait se terrer dans les villas avant la grande frayeur de la nuit qui montait du fleuve avec la brume que froissaient les rebelles toubous aux allures de fantômes ; et le vieux colon hochait la tête en détaillant ma croupe élastique, mes seins-obus, en vieux gredin flairant la chair fraîche, l'expert en négritude, posant à la droite du Seigneur.

« Tiens, je vous connais comme si je vous avais faits ! » me lançait-il d'une voix égrillarde, auréolé de fumée d'un cigare de Havane dont le prix aurait fait vivre une famille nombreuse une semaine, tu parles d'une hérédité, le regard strié d'alcool, dégarni comme un corbeau blanchi sous l'équateur, pas assez malin pour éviter la grêle de cailloux, et ses histoires d'avant la guerre avec les Esquimaux s'achevaient toutes sur ce superbe cliché, lui, trônant fièrement devant le photographe, un pied conquérant posé sur le boa, la panthère, l'éléphant !

Et Madame, en équilibre sur une fesse, agitait sa clochette comme à l'église au moment de l'élévation, et je m'attendais chaque fois à voir ce beau monde tomber à genoux dans les vapeurs d'encens.

À la droite du toubib, une fille aux cheveux rouges comme la flamme, aux traits sages postillonnés de rousseur, buvait peu, se taisait davantage, les genoux à hauteur du visage, comme les guenons vautrées sur un tapis d'herbe, indifférente aux œillades pincées de Madame qui ne goûtait pas ce laisser-aller, ces manières de hippie égarée dans le beau monde de la colonie blanche, et qui exhibait une étoile bleue tatouée à l'orteil droit, et qui rougissait chaque fois que le regard de Monsieur se posait sur elle.

À quelle ethnie appartenait donc cette curieuse créature ?...

Ludovic, l'ethnologue, accompagnait l'étrange jeune fille rousse. Depuis son arrivée, il me dévorait des yeux, malgré les plats raffinés, les alcools variés, le champagne qui coulait en rivière dans les coupes, me signifiant que j'étais sa boisson préférée, mais qu'il n'oserait jamais, malgré sa trentaine bien sonnée, à cause de son éducation qui sentait encore l'eau bénite et l'amidon des jésuites, qu'il traînait comme un fardeau sous l'équateur, avec ses envies constipées qui jouaient à saute-mouton !

Depuis deux ans, Ludovic étudiait les Kotokos du fleuve. Une tête, murmurait-on autour de lui, capable de démonter avec assurance votre culture, votre façon de penser, comme un mécano étale sous vos yeux admiratifs les pièces de votre moteur.

Ce Blanc-là m'intéressait. Maman était kotoko. J'avais hâte de savoir enfin les mystères qui coulaient dans mon sang et qu'un pingouin du Grand Nord avait percés au premier regard...

Un couple d'enseignants, d'une exemplaire fadeur, courts, minces, moulés à la même taille, d'une insignifiance émouvante, s'empiffraient en détaillant mentalement le prix des alcools et des desserts importés de France. Gavés, rosis, le couple rotait en silence, derrière l'écran d'une main raffinée, frustré de n'avoir qu'un estomac, il subissait les ardeurs d'un soleil meurtrier, l'odeur épouvantable des Nègres, caressant l'espoir de regagner leur clocher bourguignon où ils se déboutonneraient enfin, sans façon, compteraient les petits sous gagnés, grâce au salaire double et aux nombreuses indemnités, très au courant du dernier match Auxerre/Bourg-en-Bresse et autres catastrophes qui menaçaient leur pavillon mâconnais, mais incapables de reconnaître un Sara d'un Mossi, un Haoussa d'un Toubou, vivant dans une parenthèse dorée, sur le qui-vive, rapport aux coups de main nocturnes des rebelles, et on dira ce qu'on voudra, le nègre est né voleur, c'est dans les gènes, péroraient-ils perchés sur leur branche, et moi, j'étais bien intriguée que Monsieur ait invité de pareils oiseaux, si insignifiants d'odeur et d'esprit que vous croiseriez demain sans les reconnaître, sauf peut-être grâce à leur perroquet.

Moi, je m'étais mise en pilote automatique ; remplis les verres, ma fille, sur ton tapis volant.

J'ai bien été obligée d'atterrir en catastrophe à cause du vieux toubib qui me lorgnait comme une carotte cuite, qui marchait peut-être aux crayons de couleurs.

– Les négresses ont bien dégénéré ! plastronnait-il en s'adressant à son jeune ami Ludovic. Avant l'indépendance, c'étaient les plus grandes amoureuses de la planète ! Les geishas n'étaient que des tâcheronnes en comparaison ! Aujourd'hui, mon ami, l'Afrique est foutue ! Elles bâillent au lit, comptent les mouches en attendant que tu bâcles la chose ! Où est la conscience professionnelle ? s'inquiéta-t-il à la ronde. Devant les mines coites, il s'enflamma : L'amour chez elles, ne dépasse pas la ceinture !

Il avala son verre d'un trait, les veines du front gonflées de colère :

– Tiens, on a la chance d'en tenir une sous la main, hennit-il d'un air triomphant, on va la soumettre à la question ! Approche, petite, n'aie pas peur !

Il m'avait saisie au vol par la taille et jouissait d'avance de serrer un tel poulet de grain. Il exigeait une réponse sur-le-champ, déjà triomphant ! trente ans de coït colonialiste !

L'œil gauche plombé, l'index brandi, il déclara, docte :

– La vérité, ma fille !

Un sucrier traînait sur la table en verre. Je l'ai brandi sous son nez :

– Pouvez-vous enfermer le ciel dedans ? ai-je demandé à mon tour.

Un silence était tombé dans le fumoir. La rousse me souriait avec complicité, attentive à la suite.

– L'amour, ai-je poursuivi d'un ton plus ferme, est plus vaste que le firmament. Comment pourrait-on glisser un sentiment aussi infini dans un simple mot, aimer, amour, chéri, usé au trognon, bien lépreux, depuis l'affaire d'Ève et d'Adam. Votre vocabulaire est mendiant, ringard, et...

Un coup de clochette m'a rappelée à l'ordre. À mes devoirs de bonniche.

À l'autre bout de la pièce, dans son fauteuil, Madame m'a lancé, d'une voix de souris :

– Toi qui parais si... douée sur ce sujet, comment appellerais-tu l'amour ?

J'ai examiné l'hystérique sans ciller, fatiguée de baisser éternellement les yeux en sa présence.

Tu me tutoies, hein, ai-je marmonné, attends ! Avec mon sourire de communiante qui a rendez-vous avec Jésus, j'ai répondu :

– Tu as un mot pour désigner la puce, le pou. Si tu veux un mot pour l'amour, c'est que le tien n'est pas plus gros que le petit pois !

Un éclat de rire général a salué ma sortie. Madame a saisi sa clochette, puis s'avisant que ce n'était pas mon cou, elle l'a reposée en m'offrant un sourire de mygale, bien civilisé, rapport aux invités.

Madame s'est réfugiée dans sa chambre, après leur départ. La villa sentait la fumée, les rires gras et, dans la cuisine, une vaisselle énorme me tendait les bras.

J'ai tout laissé en tas. Pour la première fois. Et le vélo. Je suis rentrée à pied. Malgré les barrages et les fusées éclairantes et les chiens sauvages qui te guettent dans l'obscurité.

J'avais besoin de marcher. Réfléchir. Imaginer ses mains autour de ma taille, ses lèvres goûtant la fraise de mes seins. Je me fichais éperdument des rafales qui éclataient du côté du pont de Farcha.

Des camions bondés de soldats m'obligeaient de sauter sur le trottoir. Ils déboulaient tous feux éteints, comme des monstres aveugles.

Derrière les volets tirés suintait la grande peur d'une guerre civile imminente...

– Tu ne veux pas que je te raccompagne ? m'avait demandé Jonathan tandis que je m'éloignais en riant, aveugle à la guerre civile qui frappait ses trois coups nocturnes aux portes de N'Djamena. J'étais comblée, transie, une lionne prête à défendre ses petits, me moquant de ce vieux toubib qui assenait ses bêtises avec le sérieux d'un instituteur :

– Montrez-moi un mariage mixte réussi, le Blanc *encongaïé* par sa négresse, une catastrophe ! Elle empoisonne son toubab avec des plantes et des poudres qui lui sucent toute volonté, il devient un légume... En ai-je soigné de ces petits Blancs à Chagoua ! Quelle image, hein, donnent-ils de nous... J'ai honte, tiens !

J'ai éclaté de rire en projetant ma cigarette en étoile filante dans la Voie lactée.

Dieu m'a pondue dans un désert. Comme le Petit Prince, dans le pays le plus misérable de la planète. *Mektoub.* On vit au milieu des poux. On se chauffe à la crotte de chameau. Mais pour se faire un peu pardonner, il m'a offert un merveilleux cadeau, le don d'aimer... Je me dirige vers la case en rêvant, je suis une forêt de peupliers qui frissonnent au nom de mon amoureux sous le vent de la nuit.

Je suis prête, Jonathan.

7

– Tu me tueras d'inquiétude ! se lamentait maman. Tu es folle, ma fille ! Traverser la nuit cette ville, pleine de rebelles et de brigands ! Et à pied ! On t'a volé ton vélo ? Non, alors pourquoi tentes-tu le diable ?

Je l'ai laissée se plaindre un moment. Assise sur la natte, Nina arborait un magnifique cocard à l'œil droit. Ainsi finissent les amours légionnaires !

– Et ça t'amuse ! a-t-elle hurlé, nue, en furie, avec ce bel œil au beurre noir qui lui allait comme un gant.

Elle était drôlement remontée, ses petits seins à l'air, dont raffolaient les soldats français de Kouffra, elle jubilait au son du canon, de la mitrailleuse, bientôt ils seront enfin là, prédisait-elle, les guerriers du Frolinat, qui couperont les couilles de tous les légionnaires ! Ah, elle maudissait son Félix dont elle nous avait bassinés toute la semaine, une crème d'homme, sérieux, un paysan de Souabie qui lui avait promis une place dans son paquetage à la libération, un aller simple en Europe, elle en devenait bête, de cette brute épaisse, une armoire dansant sur un pied, mal à l'aise, granitique, pas fichue d'écrire son nom, elle nous vantait l'article chaque fois qu'elle l'entraînait ici, aussi tintinnabulante qu'une pie maniérée scintillant de colifichets, encore, toujours des cadeaux de sa brute, s'imaginant au bras de son Germain devant les vitrines de bijoutiers, qui lui promettait son poids en diamants, pauvre petite broussarde du *Tagada* qui déjà s'y croyait, dans sa ferme du Nord, en train de traire des vaches, et accordait à son géant des privautés gratuites, elle, si vigilante à exiger le prix cash avant de franchir le seuil du lupanar, elle misait en écervelée éblouie tous ses espoirs sur ce légionnaire tocard !

Je sirotais une tasse de thé en évitant ses œillades charbonneuses, qui menaçaient à la moindre plaisanterie de me transformer en crapaud condamné à coasser en pleine saison sèche, pauvre frangine qui savait à peine écrire son nom, tracer des croix et des bâtons sur une feuille blanche, et qui fuyait les livres, comme ces fanatiques du Moyen Âge blanc, jetant au feu docteurs, savants, astronomes, elle misait Nina, en valeur sûre, sur son corps harmonieux, bien proportionné de petite pomme, son précieux capital qu'elle gérait avec le sérieux d'un banquier...

Depuis que nous avions emménagé dans la capitale, elle atteignait presque son but, ses rêves les plus fous, suivre, la bague au doigt, quelque ahuri blanc, en mal d'exotisme dans une campagne française emplie de brume et de corbeaux, elle répétait à ses éventuels prétendants qu'elle était sérieuse, avertie, et, en dépit des apparences, cultivait des rêves de foyer et d'enfants métissés, et qu'en aucun cas ils ne devaient la confondre avec ces putes qui bachotent sur l'oreiller, et les soldats se succédaient dans son lit, séduits par ses gâteries qui renvoyaient les putes de la rue Saint-Denis au piquet.

Alors ils lui promettaient des fermes et des chevaux, une vie douce, généreuse, au coin d'une cheminée, avec l'extrait de mariage affiché dans le salon, une fois la chose faite, ils oubliaient dès qu'ils franchissaient la porte de sa chambre, un taudis à pleurer qu'elle louait avec une consœur du *Tagada*, dans le quartier de Chagoua, une pièce longue, aussi étroite qu'un grabat, avec une prise d'eau et la sempiternelle cuvette en plastique au-dessus de laquelle elle s'accroupissait, astiquant avec énergie son gagne-pain, bercée par des promesses sans lendemain...

Mordillée, pétrie comme une poulinière, léchée, violentée par tous les orifices de la création, elle s'en retournait chez nous, sous le regard consterné de maman qui maudissait son ventre d'avoir pondu un aussi fantasque bébé.

Nina s'étendait en se plaignant devant cet avenir doré qui s'éloignait d'un bond, en mirage taquin dès qu'elle esquissait un geste dans sa direction...

– Les hommes sont la pire race, gémissait-elle, avec ses mimiques de future vieille, pour tirer leur coup, ils vous sacrent volontiers reine et vous détrônent juste après s'être reculottés...

Son Félix n'était plus la crème des hommes, qu'elle nous vantait comme une savonnette au lait d'amande qui adoucit le corps et l'âme, elle se retrouvait au bercail de Sabangali, l'œil poché, aussi belle qu'une gargouille de cathédrale, comptant avec délectation les coups de feu dans la nuit, comme autant de victoires, et bientôt les Blancs devraient rendre compte au Seigneur et à elle, petite filiale divine, des mensonges et des promesses d'un avenir brillant comme l'étoile polaire, qu'elle n'aurait jamais, et qui la condamnait à piailler en pie aigrie, elle prédisait la prise de la maison de la radio, du palais présidentiel, en pythie inspirée, le carnage du camp de Kouffra, tous ces petits Français égorgés et son Félix serait promené en épouvantail à travers la ville, ses testicules bâillonnant sa bouche mensongère !

Pauvre Nina !

– Pourquoi me regardes-tu comme ça ? crachait-elle dans ma direction, m'oubliait l'instant suivant, pour supplier l'ange exterminateur de charrier ces têtes de Judas jusqu'au fleuve Chari, et même en enfer, elle se trémoussait tant sur sa natte que son pagne la dénudait totalement, révélant un corps qui se défendait encore, avant d'être condamné à se retrancher dans l'obscurité, et siffler entre ses dents, comme ces catins trop poinçonnées, interdites de lumières, embusquées le long du fleuve...

À la fin, Nina fondit en larmes en contemplant une carte postale, reçue la veille, d'un queutard berrichon qui, au cœur d'une insomnie, soupirait de nostalgie en vénérant son cul phénoménal avec de touchantes fautes d'orthographe...

– Émile a encore téléphoné, me dit maman d'un ton de reproche.

Elle réprouvait mon attitude distraite, distante, « enfin, quoi, c'est ton fiancé, tout de même ! » et je me comportais en écervelée, oubliant ce garçon natif de Léré, émigré en France depuis bientôt un an, que je n'avais pas connu à l'ombre des amusements. Émile était le parti parfait. Il n'exigeait rien. De personne. On nous avait fiancés au village, comme on scelle le sort de parcelles de terre, avant son départ pour l'Europe, comme la plupart des hommes valides, chassés par la misère. On m'avait arraché papa, puis mes deux frères ; Émile avec ses gros yeux de nounours m'a proposé cet arrangement comme on cherche une marraine de guerre. Pour ne pas mourir fou là-haut. J'ai dit, d'accord. Un serrement de main, un baiser sur la joue, on en était restés là, question bagatelle.

Émile me téléphonait à l'épicerie du quartier, à deux blocs de la case ; il laissait des messages transis. J'avais interdit à maman de lui communiquer le numéro et l'adresse de la villa.

– Tu ne réponds même plus à ses lettres ! me grondait-elle en désignant trois enveloppes intactes posées sur la table basse.

– Mademoiselle se croit ! ironisait Nina, avec son œil violacé, bien jaloux qui guignait ma place en s'indignant devant tant de légèreté. Un parti comme Émile, lançait-elle, qui se saigne pour toi, là-bas, dans des conditions dont pas un chien galeux ne voudrait ! C'est un homme formidable !

qui collectionne les qualités, énumérait-elle en brandissant ses mains teintes au henné, gentil, serviable, jamais en colère, au sourire si craquant, bel homme ma foi !

– Mais tu es amoureuse de lui ! m'écriai-je.

Nina haussa les épaules avec dédain.

– Je sais pourquoi il t'indiffère !

Elle ricana devant ma mine interdite.

– Ah ! je donnerais dix ans de ma vie pour trouver un fiancé aussi sérieux qui rêve de m'emmener à Paris...

– Avec ton cocard, tu ferais là-bas un malheur !

Puis, me tournant vers maman :

– Ce matin, j'ai parlé à mon patron. Il a noté le nom de papa, la date de son emprisonnement. Il m'a promis d'enquêter.

Maman a joint les mains pour remercier Dieu.

– Ton patron ! a persiflé Nina. Tu n'as que ce mot à la bouche ! Si tu voyais ta face ahurie, ma pauvre Jeanne ! Ton boss blanc vaut bien mes petits trouffions ! Sauf qu'ils sont plus francs !

– Mais qu'est-ce qu'elle raconte ? ai-je lancé à maman.

– Ton toubab est un serpent ! Un pas net et...

– Je t'interdis ! ai-je hurlé.

Redressée dans la case, les griffes acérées, j'étais prête à la défigurer tout à fait.

– Je le savais ! a henni Nina en me désignant avec dégoût. Elle en pince pour son Monsieur !

Elle voulut ajouter une autre vacherie mais une explosion violente souffla le reste de sa phrase.

– Tous les Blancs se volatiliseront en enfer ! a-t-elle rugi de joie. Une bombe sous le cul et bon vent !

Dans son coin, maman n'écoutait pas les ricanements de Nina, les explosions qui succédaient aux rafales, les cris étouffés des victimes, les soubresauts d'une ville mise à sac. Elle s'était repliée sur sa natte, en oiseau à l'aile brisée, caressant le fol espoir de voir réapparaître papa, grâce au bras long de Monsieur.

– Aucun Blanc ne t'épousera, Jeanne, dit Nina, enfin calmée.

Elle connaissait son sujet sur le bout des doigts.

– Tirer un coup ? Ils sont tous partants ! Ça fait partie de leur initiation africaine. Ils boivent notre eau, respirent notre air. Te promettent la lune. T'abandonnent avec un œil poché. C'est notre destin, ma pauvre Jeanne...

– Ta sœur a raison, chevrota maman. Émile doit rentrer bientôt.

Je me suis réfugiée dans mon coin à moi, de l'autre côté de la tenture qui coupe l'unique pièce en deux.

Je vous l'ai dit, les gens les mieux intentionnés sèment des nuées de corbeaux dans votre ciel, à perpétuité.

– On connaît bien ton patron, Jeanne ! a relancé Nina. Tu nettoies sa merde, tu remplis son ventre, en prime, tu dois lui presser les glandes. Rien ne se perd, comme le cochon. Il t'utilise totalement !

– Ferme-la !

– Tu auras beau utiliser les crèmes pour blanchir, tous les onguents de la création, tu demeureras négresse, en surface, dans le fond de ton âme...

Cette conne d'analphabète, pute au-delà de toute imagination, savait lire la dérive d'un cœur, entre les lignes, même si devant une feuille blanche elle ne savait que tracer des croix et des bâtons.

Un sacré talent.

– Tu dors, Jeanne ? s'est enquise maman.

– Non.

Elle avait rapproché sa natte de la tenture qui nous séparait pour mieux converser avec moi. Elle, d'ordinaire si taciturne. J'ai tendu l'oreille.

– Je t'écoute, maman.

– Le soir, au village, au temps où il te poussait des oreilles, je te racontais l'histoire de *l'homme-éléphant*. T'en souviens-tu, Jeanne ?

– Non, maman.

– Cette affaire est arrivée dans l'ancien temps. À une pauvre écervelée, comme toi.

Ne me laisseraient-elles donc jamais en paix ?

– Un jour, une fille du village alla au bord de la rivière pour se laver. Elle aperçut beaucoup d'hommes, des étrangers, blancs comme la lune, qui s'amusaient dans l'eau. D'abord effrayée, elle monta dans un arbre pour mieux les observer. C'est que les Blancs qui s'aventuraient jusque chez nous étaient comptés ! Elle resta là-haut, dans les branches. Elle ne vit aucun habit au bord de l'eau. Elle attendit.

« Quand ils eurent fini de jouer, ils ressortirent de la rivière, ramassèrent des peaux, les passèrent, devinrent des éléphants. Ensuite, ils disparurent en brousse en barrissant. La jeune fille, tout émue, se jura d'en épouser un, à la prochaine occasion. Surtout le grand blond qui riait si fort. Le lendemain, à la même heure, elle courut se réfugier dans l'arbre. Les éléphants arrivèrent peu après, se débarrassèrent de leurs peaux pour courir jouer dans la rivière. Elle observa le grand blond qui lui plaisait tant. Alors, elle rampa jusqu'à la peau de son favori qu'elle cacha. Quand ils eurent fini leurs ébats dans l'eau, ils en ressortirent, comme la veille, pour redevenir des éléphants et s'en allèrent, abandonnant le blond nu et désespéré. Quand ils eurent disparu, elle s'approcha du Blanc qui gémissait. “ Je suis venu me baigner avec mes compagnons. Ils ont repris leurs habits et sont repartis, moi, je ne retrouve plus les miens... ”

« La jeune fille fit semblant de l'aider à chercher ses vêtements, et, ne trouvant rien, elle lui proposa des feuilles de bananier pour couvrir sa nudité. Puis elle le conduisit au village et l'épousa peu de temps après. Les années passèrent. Ils eurent deux garçons.

« Un jour, en l'absence de son épouse occupée aux champs, il monta au grenier pour prendre du mil. Le niveau avait bien baissé. Il remarqua tout de suite une peau au fond. Il la retira, la lava, l'oignit d'une huile végétale pour la rendre très luisante puis il la porta. Il prit le pilon qui devint sa trompe. Il prit un mortier, le laissa tomber. Il en prit un autre, le laissa tomber aussi. Et ses quatre pattes apparurent. Les deux garçons surprirent l'étrange manège. Ils coururent en criant : “ Notre père est devenu un éléphant ! ”

« Fin prêt, il brisa la clôture de paille et se mit à courir d'un pas pesant, et disparut en brousse. En chemin, il rencontra sa femme rusée, la déchiqueta avant de la jeter au loin...

8

J'ai eu de la fièvre toute la nuit. Le palu n'est rien, on a des cachets, des piqûres. Mon mal était plus profond.

Aucune pharmacie ne pouvait m'aider. Je me suis habillée aux aurores, comme on va se pendre.

Je suis sortie avec maman. On s'est séparées au bout du sentier.

Chacun sa prison.

Maman clopinait en direction de la place de l'Indépendance, vers son coin de trottoir, au milieu des marchandes de brochettes et des petits cireurs qui harcelaient déjà tout ce qui courait en chaussures, et jouaient entre deux clients, des rythmes endiablés à coups de brosse sur leur caisse, qui fascinaient les chiens errants sans godasses. Maman s'installait à sa juste place, le centre du monde, face à la lourde porte grillagée derrière laquelle ses espoirs reposaient intacts, depuis que Monsieur avait juré sur l'honneur de nous aider ; indifférente à la circulation démente, aux cris, aux accidents, papa sortirait enfin de cet enfer, répétait-elle à mi-voix, et tout redeviendrait comme avant,

Nina abandonnerait son cul-boutique et on retournerait à Léré, papa à sa direction d'école et moi dans ce bloc de ciment noyé au milieu des fleurs géantes d'où résonneraient des voix appliquées en train de nasiller les tables de multiplication.

Grâce à leurs bons conseils, je me sentais négresse, dans son ghetto, jusqu'au bout des ongles, indigne de respirer les parfums du monde. Bonne à jeter dans le trou.

– Ah ! tu es mal partie, renchérissait Nina, avec ce pois chiche qui te tient lieu d'esprit, toutes ces idées bien tordues où la bonniche marie enfin son patron !

« Même dans les romans-photos, on ne jette pas aussi loin le bouchon ! Quand la servante épouse le boss, d'abord, ma pauvre Jeanne, elle est blanche, ensuite c'est une orpheline, enfin elle hérite d'un château plein de larbins et d'une malle de lingots d'or que son père, très coupable, lui lègue sur son lit de mort.

« Toi, avec ta peau d'ébène et tes vingt printemps présumés, tu peux au mieux espérer une partie de jambes en l'air. Tarif, cinq mille. N'oublie pas ! Surtout pas de gâteries gratuites ! Ne casse pas les prix, au nom de Dieu ! Le marché est si difficile !

Moricaude bon teint, une seule issue s'offrait à moi en planche de salut : épouser ce nigaud d'Émile, balayeur de la rue Fontaine-du-Roi, Paris XIe, qui te parle d'amour comme on annone *Le Lièvre et la Tortue.*

Monsieur avalait son café, debout, sur la véranda. Bien pensif. Pas du tout à cause de mon retard.

– À midi, on reparlera de notre affaire, m'a-t-il glissé en désignant du regard son bureau au premier étage et le dossier à couverture rouge.

Il a enfilé sa trompe, ses oreilles, ses guibolles avant de s'ébranler vers l'ambassade.

Madame faisait la gueule au monde entier. Et à moi en particulier. Elle ne sortait de sa chambre que pour s'acharner sur la chasse des WC. Son teint citronné, ses yeux brouillés la condamnaient à des voyages incessants aux cabinets.

Ses intestins en ébullition accaparaient son temps. Bien fait ! Si elle pouvait au moins crever !

À cause de son état alarmant, elle ne m'a pas dit les deux fameux mots promis la veille. Une haine bien rance qu'elle me servirait dans la journée. Sa clochette, comme un tocsin, trouait le silence glacé de la villa.

Avant le retour de Monsieur, vers midi, elle a agité sa clochette, solennellement. Elle trônait dans son lit, avec ce rictus de reine russe qui fait trancher des têtes, par ennui. Elle m'a dit : « À la fin du mois, vous partez. »

Ma tête a roulé dans le panier. Un sursis de quatre jours. Je ne lui ai pas demandé pourquoi.

À cause du traversin de travers, elle a cru que je voulais la frapper lorsque je me suis approchée pour le remettre bien droit.

Dans la cuisine, je me suis un peu vengée en buvant un verre d'eau de la cuvée des patrons, venant droit de France.

Moi, j'avais droit à tous les virus du ciel et de l'enfer, dans la citerne où barbotait une colonie de crapauds.

Le rôti de porc aux bananes vertes était à point lorsque j'ai entendu l'auto de Monsieur. Il est entré dans la chambre. Madame s'est mise à crier : « Comment va ta secrétaire, oui, Sally, ne roule pas ces yeux idiots, ta putain déguisée en gitane, à l'orteil tatoué, mon pauvre Jonathan, tu es donc tombé si bas ! Tu fricotes avec elle au bureau, elle t'appelle même ici, comme si la journée n'y suffisait pas ! Et tu as encore le toupet de l'inviter chez moi, dans ma propre maison, hier soir, elle n'est pas la maîtresse de Ludovic, tu t'y entends, hein, pour noyer le poisson !

– Écoute, Christine...

– Tu me déçois terriblement ! Tout N'Djamena est au courant ! Je suis la risée de la colonie blanche, et même les nègres se fichent de moi ! Pourquoi crois-tu que je me terre toute la sainte journée dans ma chambre ? Avant, vraiment, tu avais plus de goût ! Tu les choisissais belles, élégantes, cultivées ! Maintenant, Monsieur donne dans la vache anglaise ! Ah ! mon pauvre ami, l'Afrique ne te réussit pas du tout ! »

Ma vue s'est brouillée. La pile d'assiettes m'est tombée des mains. Dans la chambre, soudain silencieuse, j'ai entendu Madame penser : Vingt mille, Jeanne, à retenir sur tes gages.

« Sers-moi un whisky ! » a-t-elle ordonné.

Je retenais ma respiration, l'oreille collée à leur porte. Méthode Ali.

« Je renvoie Boy à la fin du mois !

– Pas question ! a répliqué Monsieur. C'est une parfaite employée de maison et une excellente cuisinière ! Le dîner d'hier...

– C'est à cause de toi ! Tu l'as trop gâtée. D'abord le vélo, ensuite cette augmentation de cinq mille, sans m'en parler et, comble de tout, l'apéro en amoureux au bar de *La Tchadienne.* Je suis bien renseignée ! Et enfin, à la fin du dîner, elle me répond en me tutoyant, devant nos invités et toi, au lieu de la sermonner, tu ris comme un demeuré ! Tu m'humilies devant la ville entière ! Défends-la donc ! Bientôt ce sera moi, la bonniche ! À quand le petit déjeuner au lit pour vous deux ? Café ou thé ?

– Calme-toi !

– Un joli cul d'ébène, ça doit te chatouiller !

– La vulgarité ne te va pas !

– Ah, bon ? pauvre con ! Tu n'as donc pas remarqué son manège ? Tu es aveugle ou quoi ? Depuis qu'elle travaille ici, c'est l'enfer ! Devant toi, elle joue les pucelles, mais tu crois que je n'ai pas remarqué vos messes basses de l'aube, et hier soir, dans la cuisine, tu t'es drôlement absenté ! Tu n'attends que ça, me conduire à l'avion. Direction Avignon. Pour que Monsieur puisse enfin assouvir sa libido ! Ta pute rouquine ne te suffit plus ! Tu veux aussi te taper la bonniche. Mon pauvre Jonathan...

La voix de Madame a repris, lasse, désespérée :

– Depuis combien de mois ne m'as-tu pas fait l'amour, Jonathan ? Ma maladie, ce n'est pas le foie, l'estomac, mais cet océan... que tu mets entre nous !

Sa voix s'est brisée en sanglots.

– On aurait dû rester à Avignon... Pourquoi t'ai-je écouté ? On était heureux là-bas, avec Jason... Depuis qu'il nous a... quittés, chaque jour que Dieu crée, j'ai envie de mourir ! Toi, tu as ton travail, moi, je reste désœuvrée toute la sainte journée, en résidence surveillée... Ton Tchad, je le hais ! Il m'a tout pris, notre amour, Jason ! À t'entendre, N'Djamena était la perle de l'Afrique... Luxueuse, climatisée... Tu parles d'une ville... Et ce pays ? Du sable, un soleil maudit. Et les habitants ? Des singes mal déguisés qui jacassent dans un arbre et dont notre sort dépend... J'ai froid dans le dos quand j'y pense ! Moi, je n'ai pas changé, Jonathan... je t'aime toujours, tu sais, comme au temps de la faculté...

Monsieur ne mérite pas un tel traitement. C'est l'homme. Le maître de la maison ! La tête entre les mains, il la contemple comme un jouet cassé qu'il n'a pas du tout envie de rafistoler. Je referme la porte. J'ai pitié pour lui. Je cours me réfugier dans la cuisine pour pleurer.

Le rôti et les bananes vertes ont refroidi. Monsieur est reparti au bureau, le ventre creux. Un homme comme lui... Misère... Juste un café depuis l'aube...

Sans consulter Madame, je jette la nourriture à la poubelle. Pour une fois, ce salaud d'Ali ne s'empiffrera pas de ma cuisine ! Qu'il grignote ses dattes sèches, trop bonnes pour son âme vérolée ! La journée a tourbillonné au ralenti dans la tempête de sable. Je ne me souviens de rien. Le commissaire n'est pas venu. Et Monsieur, ce soir-là, s'est retranché dans son bureau.

« Dans trois jours, tu t'en vas ! » m'a lancé Madame alors que j'enfourchais le vélo.

Moi aussi je sais être mauvaise. Une vraie teigne. Ne me cherchez pas de poux. Ma tête est propre, bien peignée. Et mes pensées en dessous.

Au lieu de me rendre directement à la case, j'ai obliqué à gauche après la cathédrale en direction de Farcha. C'était un soir doux, le vent de sable était enfin tombé et les chauves-souris de la grand place couinaient dans les manguiers tandis que la peur levait sur la ville avec la brume du fleuve...

9

J'ai traversé en feu follet la salle d'attente où toute la misère du monde s'était donné rendez-vous, enveloppée dans de méchants chiffons, la tête endolorie, les yeux dévorés de trachome, l'âme rongée par les malédictions, j'ai ouvert la porte du fond : à la lueur d'une lampe à huile, un homme cassé gémissait en *haoussa* en face d'une silhouette assise de l'autre côté d'une table, la face mangée d'obscurité qui l'écoutait avec attention.

– Mallah Alladji ! j'ai crié. Faut me recevoir ! C'est une question de vie bien chancelante ! Vous qui faites courir le paralytique, au nom de Dieu, je vous supplie à genoux comme votre propre fille !

D'une voix grésillante qui tombait droit d'un nuage il a marmonné :

– Dans cinq minutes, ma petite.

Quand je suis rentrée dans son cabinet, il m'a observée en silence, avec son regard de tortue revenue de tout, moi, je grelottais dans son antre qui sentait l'encens et le papier d'Arménie. À la fin, il m'a dit :

– Ma fille, ton affaire pèse encore plus lourd que toi.

Ensuite, il a brûlé une plante gabonaise, bien sorcière, native des forêts des Pygmées. L'odeur âcre m'a fait éternuer. Il fixait la fumée en se penchant de temps à autre pour cracher dans une boîte de conserve à ses pieds.

Il a souri en hochant la tête :

– Toi, tu veux marier le Blanc, a-t-il articulé d'une voix d'outre-tombe, mais ce toubab-là est plus malin que l'araignée, sa femme est trop méchante, mon amie !

Il a saisi un flacon au contenu liquoreux où ondulaient des paillettes lumineuses.

– Rassure-toi, a-t-il repris, après avoir observé le liquide, tu es sa préférée. C'est écrit dedans !

Il m'a plaqué la fiole sous le nez. Ça sentait l'huile de rat. C'est tout ce que j'ai déchiffré.

– Tous les deux, vous allez faire le bébé de l'homme blanc, un bien joli garçon vraiment !

Il m'a serré la main en guise de félicitations. Mallah Alladji n'était pas un de ces charlatans qui poussent comme le chiendent dans la capitale.

Frémissante, j'ai enchaîné :

– La suite, monsieur le Marabout !

– Le chemin qui mène au bébé est difficile, mais ne t'inquiète pas, le Blanc va gagner ! Et toi, tu sauras l'aider au bon moment !

Il en était tout ému, cet envoyé du ciel. Il me contemplait avec considération.

– Je continue ?

– S'il vous plaît, Mallah Alladji !

– Pour gagner ton affaire, avant, il faut donner un mouton, une caisse de gin et dix poulets. C'est un travail difficile, ma fille !

– Vous aurez tout ce que vous demandez, Mallah Alladji !

Ce vieillard encore vert était vraiment très fort ! D'un regard laser, il avait tout compris. J'étais prête à lui offrir tous les moutons de mon pays pour serrer Jonathan contre mon cœur.

– Pardonnez-moi, Mallah Alladji, mais combien de temps va durer ce bonheur ?

Il a ri en s'essuyant les yeux. Décidément, je l'amusais beaucoup !

– Les Blancs vous promettent la lune. Une fois qu'ils vous ont couillés, ils vous abandonnent au milieu de vos toiles d'araignées !

– Ton avenir est aussi clair que l'eau de roche. Mais quant à te prédire combien d'années durera ce bonheur...

Il a sifflé ses étonnements en massant ses paupières bouffies, rongées de fumée et de gin, avant de lâcher d'une voix désabusée :

– Même Dieu est incapable de signer une garantie à vie, ici-bas...

Je lui ai remis toutes mes économies, dix mille, en acompte pour la boisson, le mouton. Je reviendrai, ai-je promis, dès que l'affaire sera finie.

Il n'a pas rechigné, rien. Cet homme-là était trop sûr de ses pouvoirs. Il a empoché les billets en souriant. Avant de le quitter, j'ai demandé :

– Mallah Alladji, connaissez-vous l'histoire de *l'homme-éléphant* ?

Il a souri.

– Oui.

– Un jour, vous pensez que mon Blanc remettra sa trompe, ses oreilles, pour rejoindre son troupeau ?

– Ce jour-là n'est pas né ! m'a-t-il signifié d'un sourire réconfortant.

10

À bien l'observer, Madame n'était plus tout à fait de ce monde. Elle vivotait en grand écart, un pied dans la tombe de Jason, l'autre dans sa chambre-bunker. Mes jours aussi étaient comptés à la villa. Dans trois jours, Boy, me rappelait-elle du regard, de la clochette. J'étais encore tolérée comme un furoncle sur le nez.

Le bonheur enfin s'intéressait à moi, après des années de galère, reléguée comme Cendrillon dans son grenier. Sans le moindre espoir de citrouille ni de carrosse.

Le commissaire m'a félicitée en me remettant le fameux dossier.

– Excellent travail, Jeanne !

Lui, si discret, dans son rôle de grand inquisiteur. Il m'a promis d'enterrer le fer à repasser.

– Un déplorable accident, Jeanne !

Ce jour-là, la prison cessait enfin d'être un cauchemar, une obsession. Et moi, un pion sur l'échiquier.

Après avoir galopé au crépuscule le long du Chari, il prenait le frais, une chemise bleue ouverte sur sa poitrine velue et cette chaîne en or qui luisait sur son cou bronzé.

– Pourquoi m'as-tu dévoilé la machination du commissaire ? a-t-il demandé d'une voix douce. Tu aurais très bien pu subtiliser le dossier puis le replacer, ni vu ni connu...

J'ai haussé les épaules, la gorge nouée.

Vous ne pouvez tout de même pas crier à tue-tête à des gens qui ne sont pas préparés : Je vous aime !

Monsieur m'aimait aussi, comme Sahara son cheval, son auto, son bureau.

J'avais une sacrée avance sur lui. Il ânonnait encore à la maternelle que je me morfondais à l'université.

– Tu ne veux rien dire ? a-t-il murmuré.

– C'est mon secret, boss.

Ça l'a fait rire. Il m'a lancé un regard profond, troublant, dans l'obscurité naissante, qui montait de la terre pour envahir le ciel.

La Dame aux camélias toussait dans sa chambre. Des chiens aboyaient au-delà du fleuve. Le ciel clair invitait les premières étoiles.

– Jeanne, je peux te poser une question ? Tu n'es pas obligée de répondre...

J'ai tout de suite deviné... J'ai croisé les bras en l'invitant à poursuivre.

– Tu te souviens d'un certain Nomaye, le chef de la police de Léré ?

– Très bien, oui.

– On l'a retrouvé égorgé dans sa chambre, cinq semaines après l'emprisonnement de ton père... Troublant, non ?

– La mort d'un salaud ne me trouble pas !

On a observé en silence, retenant notre souffle, la lune ronde qui émergeait du fleuve comme une citrouille malicieuse.

– C'était toi, n'est-ce pas ? a-t-il murmuré.

– Non, boss.

– Je ne te crois pas, Jeanne...

J'ai levé vers lui des yeux implorants.

– Je crie, je griffe, je ne tue pas !

– Même une crapule qui condamne ton père ?

– Oui, boss.

– J'aurais flingué Nomaye !

– Vous êtes plus courageux que moi !

La nuit qui a suivi l'enlèvement de papa, je me suis rendue au poste de police. Une sentinelle ronflait dans la guérite. J'ai traversé le bureau du chef. J'ai poussé la porte du fond, les sandales à la main. J'étais prête à me sacrifier pour sauver papa.

Libérez-le, au nom de Dieu et vous aurez ce que vous voulez... Le chef Nomaye dormait en travers du lit.

Il avait vomi sur lui. Réveillez-vous ! Je le secouais mais il était trop saoul. Il a grogné en se retournant sur le dos, les bras étalés, la gorge offerte. Dans la chambre obscure, luisait une lampe à pétrole à son chevet. Une lame touarègue, longue, effilée, trônait sur la table. Sans réfléchir, j'ai saisi le poignard. Il gigotait comme un beau diable, je bâillonnais ses cris. De sa gorge tranchée s'échappait un râle continu dans des flots de sang...

Sur son lit, Madame sanglotait en stéréo.

– Ah, celle-là, a-t-il grondé, si elle pouvait crever !

– Affirmatif, boss !

Le drame, c'est qu'elle ne sortait jamais. Ses chances de rencontrer un camion rouge étaient nulles.

– Elle est folle ! a-t-il martelé. Elle me soupçonne de coucher avec la ville entière ! Tiens, même avec toi ! Un comble !

– C'est si... stupéfiant ?

– Excuse-moi, Jeanne. Elle me rend cinglé !

– Renvoyez-la chez sa mère !

– Si tu crois que c'est aussi facile !

– Rendez-lui ses vaches, ses moutons, sa dot, quoi ! L'homme chez nous agit ainsi !

– Les Tchadiens ont bien de la chance ! a-t-il soupiré.

Et puis, j'ai eu une idée. Encore bien timide. Avec ses premières dents au curare. Qui promettait. À cet instant précis, nos regards se sont croisés. Il pensait exactement comme moi. Elle n'était pas si monstrueuse, cette idée, à la réflexion. Le clou qui te blesse le pied, un jour, forcément, tu dois l'arracher. Les génies de Mallah Alladji exigeaient un coup de pouce.

On a détourné les yeux, les joues en feu.

– On serait heureux, toi et moi, hein, Jeanne, sans cette folle !

Alors, ma gorge s'est dénouée, les mots sont venus tout seuls :

– Je vous reçois cinq sur cinq, boss !

– Je m'appelle Jonathan, a-t-il murmuré.

Je me suis enfuie dans la cuisine. L'âme en fête. J'ai relavé la vaisselle pour me calmer.

Quand je suis ressortie, il était toujours là, assis, à fumer ses cigarillos cubains, dans le noir. Et l'idée, lovée à ses pieds, agitait la queue.

– Bonsoir, Jonathan...

Il s'est levé en souplesse et m'a serrée contre lui. Je n'ai pas osé lui rendre son baiser, tant je tremblais. J'ai enfourché mon vélo, incapable de savoir comment on tient dessus... Je me suis éloignée en valsant sur le chemin, il m'a envoyé un baiser en pensée, je le sais.

Ces choses-là se voient, même le dos tourné, dans le noir...

11

Le dernier jour, avant mon départ, Madame mangea ses trois biscottes beurrées à midi.

Moi, je n'existais déjà plus. Son regard me traversait comme un nuage empoisonné. Parfois, sa clochette résonnait dans le silence sépulcral de la maison.

J'avais appris à baisser le son et à répondre au hasard : « À vos ordres, Madame ! »

Aujourd'hui, elle ne desserrait pas les dents. Monsieur est parti au bureau vers quatre heures, totalement désespéré. « Ce soir, je rentrerai tard, Jeanne », m'a-t-il averti. Son regard insistant me répétait : fonce, ne faiblis pas. Notre bonheur ne dépend que de toi...

Débrouillez-vous donc avec ça ! Après tout, je ne suis pas une professionnelle du repassage. Vous me connaissez. Je suis gentille, posée. Sans ambition. Juste faire le bien. Pour que la misère soit plus douce et le soleil moins assassin.

Aimer, ça oui !

Je n'envie personne. Pas même les serpents avec tout ce poison qu'ils gaspillent en mordant les pierres. Chacun a le droit de respirer. Seulement, je vous aurai averti, ne me cherchez pas. C'est tout !

À cinq heures du soir, après la sieste, Madame a sonné trois coups. Citronnelle, Boy. Au trot !

J'ai choisi les feuilles avec soin, dans le jardin, avant d'infuser. Ah ! elle l'aimait, cette boisson. Même au dernier moment, elle ne pouvait s'empêcher de me commander sa boisson préférée !

J'ai goûté, fade ! Madame s'impatientait en malmenant sa clochette. Pour corser le breuvage, j'ai touillé dedans une poudre noire que maman conserve dans un vieux chiffon au fond du coffre.

J'ai bien remué, puis sucré à cause de l'amertume de la poudre.

Elle a bu jusqu'à la dernière goutte.

Pour la première fois, depuis des semaines, j'ai eu droit à l'ultime compliment, oh ! bien discret, un claquement de langue satisfait. Puis, de sa voix hachée : « Ce soir, après la paye, ouste, du balai ! » Avant de me congédier d'un revers de main.

Cette phrase anodine... C'est fou toute la haine qu'on peut glisser dedans...

À dix heures du soir, Monsieur n'était pas rentré. Comme prévu. Elle s'est mise à râler en roulant des yeux pas beaux à regarder, les cheveux humides, plaqués sur son visage de noyée. Comme si on venait de la retirer du fleuve, après un tête-à-tête effrayant avec les démons du Chari...

12

Le docteur est venu aussitôt. Avec sa trousse et ses théories bien colonialistes sur l'amour chez les négresses. Il s'est enfermé avec Madame dans la chambre.

Jonathan fumait sa cigarette comme un condamné à mort sur le perron. Moi, je balayais le salon, la véranda, à deux heures du matin, pour effacer les disputes de Madame avec Jonathan.

J'aurais astiqué la ville entière pour laver Jonathan de tout soupçon.

J'étais prête à me sacrifier pour lui, si un inspecteur genre Colombo avec son œil de verre, venait fouiner dans la tasse de citronnelle...

Quand le toubib est ressorti de la pièce, il a lâché simplement : « Crise cardiaque » en s'offrant une bonne rasade de whisky.

Alors, on s'est regardés avec Jonathan, bien soulagés, convaincus que Madame feu ne ressusciterait plus.

La police a envahi en force la villa, deux huiles en lunettes de soleil, à trois heures du matin, mon copain le commissaire, bien pâlot, suivait, les mains derrière le dos, en sous-fifre respectueux. Une grosse légume dépêchée par l'ambassade surveillait le déroulement de l'enquête, prêt à protéger Monsieur en cas de bavure...

Ils ont circulé dans chaque pièce, sur la pointe des pieds, comme au musée, sans loupe ni chien policier. De vrais gentlemen.

Ensuite, ils m'ont entendue. Sur un ton poli. Votre nom. Depuis combien de temps travaillez-vous ici ? Et l'état de santé de Madame-feu. Malgré crayons et carnets, ils n'ont pris aucune note.

La grosse légume française les talonnait comme une ombre.

Le vieux docteur m'a prise à part.

– Tu vois, petite grenouille, a-t-il philosophé, hier ta patronne était encore vivante et cette nuit...

L'air de dire, toutes ces parties de jambes en l'air fichues... Comme ses jours étaient comptés, il m'a fixé un rancard devant le cadavre encore tiède de Madame.

Moi, je lui aurais répondu volontiers d'un coup de genou dans les couilles, mais son diagnostic était sympathique.

– On verra, toubib, lui ai-je lancé comme un os à ronger.

Enfin, on nous a serré la main, avec des condoléances crêpées de noir.

Le commissaire ne m'a pas cuisinée. Rien. Quand il est passé devant moi, il m'a décoché juste un hochement de tête admiratif. Me soupçonnait-il d'avoir repassé la Blanche... Ce flic qui a le doute dans le sang doit se soupçonner aussi, le matin en se rasant...

Il a disparu de ma vie, par magie, jusqu'à la saison des pluies. À croire que ces gens-là redoutent la mort. Se tiennent à l'écart, le temps de la désinfection. En tournant les talons, il m'a glissé avec malice :

– Beau travail, Jeanne !

Était-ce une allusion au dossier des otages du Lac ou ce poison qui ne laisse aucune trace ?...

Il s'est rabattu sur Ali qui s'est défendu comme un diable. Rien vu. Rien entendu. Sa spécialité, c'étaient les voleurs et pas les crises cardiaques. Bon point, Ali.

Jonathan a raccompagné les policiers, les jambes flageolantes. J'ai eu peur que son cœur ne lâche aussi...

13

À l'enterrement, de Madame feu, toute la colonie blanche a défilé à la villa. Un vrai hall de gare. Ils étaient déguisés comme à un bal masqué, uniforme de croque-mort et condoléances amidonnées qui évoquaient les plats surgelés du nouveau supermarché en face du cinéma Rex.

Sally, en robe gitane bleue, m'a serrée dans ses bras puis s'est dressée sur son orteil tatoué pour embrasser Jonathan sur les joues. Elle est repartie tout de suite au bras de Ludovic.

En Afrique, le Blanc boit. Pour oublier le nègre, le soleil, le sable, les emmerdements. Monsieur s'en allait en morceaux, comme une pirogue pourrie, avec ses yeux rougis et son grand corps tout tremblant.

Un vrai gâchis.

J'ai pensé, ce malin joue la comédie. Il exagérait ! Il allait tomber malade. Dans le rôle du veuf éploré. Il ne mangeait plus que les biscottes de Madame. Pour être encore avec elle. Il buvait le jour. La nuit. Du whisky. Du brandy. Du bangui. Lui, un si bon cavalier, sobre comme le chameau. Ah ! il changeait, Monsieur, au grand galop !

Quelle dégringolade !...

Il a cessé de monter Sahara. Prostré dans sa chambre, mal rasé, en pyjama rayé, un vrai forçat, en pantoufles percées d'où pointaient des orteils aussi noirs que son chagrin.

Moi, j'appréhendais l'avenir avec un frisson de bonheur. Une question de patience. Jonathan va se ressaisir. Je le désirais de toutes mes forces.

Jonathan m'évitait. Aucune allusion complice. Rien. Un fantôme muet.

Des gens de l'ambassade sont venus. Pour se rendre compte. Dans quel état. Les langues tournent vite à N'Djamena. Cafarder dans un rapport pour le rapatrier sanitaire au pied de son clocher d'Avignon.

Je ne dormais plus. Impossible d'avaler une bouchée. Aucun goût pour l'alcool. Cette histoire me pesait sur l'estomac. Sa fièvre maligne me rongeait. Vous perdez vos ailes, vos envies. Vous reluquez les puits, bien profonds.

Je filais ce coton-là.

Et le remords, direz-vous. Minute, papillon ! Moi, je respecte la vie. Ton prochain tu chériras. Je me brosse l'âme chaque matin aux Dix Commandements. Une vraie fanatique !

J'ai beau passer mon acte au scanner, pas une larmichette. La conviction bien ancrée d'avoir éliminé une salope qui crachait vert. Sur le monde. Et moi en particulier. Chaque matin, je constatais les dégâts, téléphone, bibelots, tableaux en morceaux. À croire qu'un ouragan nocturne ravageait la villa.

Bonne action, Jeanne ! Un ticket de première pour le paradis !

Le drame, c'est d'être née à la mauvaise époque, au mauvais endroit... À certaines périodes de l'histoire, on éliminait les salopards à tour de bras.

Je ne tournais plus rond. Madame feu ne hantait pas mes nuits, sous un drap, avec bruit de chaînes et tout le tremblement.

C'était à cause de Jonathan...

Je vivais en permanence dans la chambre d'amis, contiguë à la sienne. Je l'écoutais respirer, boire, délirer toutes les nuits.

Mallah Alladji est venu réclamer sa caisse de gin, ses dix poulets. Je lui ai claqué la porte au nez. Charlatan ! Tu m'as volé dix mille pour rien ! Il a contourné la villa pour me surprendre dans la cuisine, derrière la fenêtre grillagée.

– Tes génies sont des fainéants ! Heureusement que je peux compter sur moi. Avec vous, on devient centenaire !

– Madame est bien refroidie ! a-t-il rétorqué. Tu dois payer !

J'ai rempli un verre d'eau, j'ai versé la poudre noire que j'ai touillée du doigt avant d'ouvrir la fenêtre et lui offrir la boisson.

– À ta santé, grand-père !

Il est devenu tout gris. Ses yeux de vautour frustré se sont penchés sur le rebord du verre. Il m'a craché dessus à travers le grillage en grommelant des menaces de mort.

Il m'a même promis l'enfer pour samedi.

Près du portail, un chien somnolait dans la poussière. Il a shooté dedans en brandissant le poing dans ma direction. J'ai attendu le châtiment. Un jour. Une nuit. Le samedi. Mais ses génies tueurs sont des épicuriens.

Dès que vous tournez le dos, ils courent siester au fond des eaux.

C'est par ce chemin-là que Mallah Alladji a disparu de ma vie, comme une petite fumée...

Depuis le décès de Madame, Ali me salue avec respect, bien bas, comme si nous avions hululé ensemble les sourates à l'école coranique. Mes grimaces dégoûtées le ravissent. Un maso qui cache derrière son dos, le calumet de la paix.

Moi, j'ai la mémoire des dates, des faits. Les humiliations de l'âge d'or de Madame. Les cafardages. La mule du pape d'Avignon. Je dois descendre d'elle. Une patience d'ange, avant de vous démolir à coups de sabot.

14

Je m'apprêtais à rentrer pour passer la Saint-Sylvestre avec maman lorsqu'on a sonné à la porte d'entrée.

Un homme est entré, sans présenter ses vœux, en me repoussant.

– Appelle ton patron !

J'ai obéi par panique. Si je m'attendais...

Jonathan est sorti de la chambre, le cheveu en broussaille, un mégot au coin des lèvres. On l'a entendu venir de loin, à cause de ses savates qu'il traînait comme un boulet sur le parquet.

À son entrée, l'intrus s'est cassé en deux, à la prussienne. Avant de se présenter :

– Je m'appelle Fouad fils, a-t-il dit en me lançant un regard méchant.

Il a décliné ses condoléances à retardement. Il venait juste de rentrer d'une tournée à travers le pays lorsqu'il avait appris la nouvelle. Il arborait une mine ravagée, comme s'il était le véritable veuf.

– Et si tu allais te pendre ailleurs ? m'a-t-il suggéré.

Jonathan m'a signifié d'obéir.

L'homme, hors de lui, méritait quelque ménagement. J'ai claqué la porte de la cuisine en me préparant un bon chocolat bien onctueux pour me calmer.

Quel culot ! Le décès de son père lui avait collé du poil au menton et une ride, bien vilaine en travers du front.

Oh ! inutile d'écouter aux portes ! Je pourrais vous réciter par cœur ses mensonges ! Que j'étais une dangereuse criminelle qui avait massacré son père à coups de fer, un homme si bon, père de cinq enfants, respecté.

À cause d'une main baladeuse, vous avouerez tout de même ! Que j'étais une négresse qui ne jouait pas le jeu, une bien bêcheuse, qui croyait posséder le paradis entre ses cuisses ! Hein, on aura tout vu !

Il a continué ses insultes ! Des si grosses, que je n'ose pas vous rapporter ! Par exemple ? Que le commissaire Idriss Salamat me mangeait au creux de la main, il s'étranglait de rage, ce nabot, boudin de partout, quelle pub pour les pneus Michelin ! Il a même sorti la carte du copinage, comme deux naufragés de la *Méduse* qui s'empiffrent du mousse nègre, à défaut d'ortolans et Jonathan, à travers la porte légèrement entrouverte, hochait la tête, comme à un concert assommant, et l'autre ordure a poursuivi son jeu de massacre, whisky au poing, la justice nègre, hein, je vous fais pas un dessin ! Bref, que son père avait été enterré sans enquête sérieuse et que je courais toujours, avec mes chromosomes déglingués, d'une victime à l'autre, mais lui, Fouad nain appliquerait son credo et que la vengeance est une sardine qui se mange froide !

– Au fait, l'a interrompu Jonathan.

– Permettez, monsieur, d'abord, cette criminelle tue mon vénéré père, puis c'est le tour de votre épouse feu...

– Vous racontez n'importe quoi !

Jonathan s'était redressé, agacé par ce petit homme encore plus remuant qu'une horde de pygmées dans le ventre d'un éléphant.

– Cette bonniche est folle à lier ! Résultat ? Elle élimine à tour de bras ! J'ai enquêté sur elle, jusqu'à Léré, son village natal... Il a baissé la voix : j'ai trouvé sur elle un dossier épais comme ça ! Saviez-vous qu'elle aurait aussi égorgé le chef de la police...

– Ben ! mon colon ! siffla Jonathan.

Il émergeait de son éthylisme, l'œil brillant.

– Si Jeanne avait tué votre père, elle serait en prison, constata Jonathan, la voix laconique.

– Pensez donc ! Entre nègres, ils se serrent les coudes ! Commissaires, assassins, policiers, tous dans le même panier ! Ah ! le moricaud, c'est susceptible et complexé ! Enfin, tout de même, ce n'est pas de notre faute s'ils sont noirs comme le péché !

– Revenons à notre sardine.

– D'abord qu'a dit le médecin légiste ? A-t-il bien analysé les viscères de Madame feu ? Pas de trace de poison ? Ah ! la garce ! Et si vous demandiez une contre-autopsie ?

Jonathan a posé ses mains sur les genoux de Fouad :

– Ma femme était très malade, a-t-il confié d'une voix blanche. Depuis la mort de Jason, notre petit garçon. Elle ne s'était jamais remise de cette... disparition... Le cœur après tout n'est qu'un muscle... et tant de chagrin... il a lâché une nuit... C'est la triste vérité, monsieur Fouad.

Puis se redressant pour lui signifier son congé :

– Jeanne n'a strictement rien à voir avec le décès de Christine... À votre place, je serais plus prudent. C'est très grave d'accuser sans preuve, non ?

– Chez nous, monsieur Gray, la vengeance...

– Je sais, l'a coupé Jonathan. Une sardine froide...

Fouad a disparu dans le noir, dégageant dans la brise, ce fumet particulier de saucisson libanais touillé de haine bien rance, sous son chapeau rond.

Cet énergumène est comme le lézard africain, une fois qu'il te mord, impossible de lui faire lâcher prise. À moins de le décapiter.

15

La nuit du jour de l'an, je l'ai passée contre maman qui tremblait de fièvre. Tu as encore le palu. Tu oublies de prendre tes cachets. Tu te négliges trop. Ce n'est pas une vie, du matin au soir, assise dans la poussière, à guetter papa qui ne sortira plus...

J'ai essayé, je vous le jure, de toutes mes forces, de lui avouer : papa est mort à la prison d'Abéché, dans l'Est du pays. Trois mois plus tôt...

Jonathan m'avait mis au courant la veille. Impossible de prononcer ces mots. Je serrais son corps transi...

Maman gémissait contre moi, je la berçais doucement comme un oiseau blessé, je pleurais en silence en lui chuchotant : Papa est mort, tu vas enfin te reposer...

– Tu me parlais ? a-t-elle marmonné, ensommeillée.

– Non, maman, dors.

Une nouvelle année commence. Mais Tu es si occupé, mon Dieu, depuis des millénaires, et Ta ligne directe ne répond jamais.

Si Tu tendais l'oreille, cette nuit de la Saint-Sylvestre, jusque dans ma case, avec Ta baguette magique, je Te répondrai, dorénavant, j'exauce mes vœux moi-même, Seigneur.

On n'est jamais aussi bien servi...

16

15 janvier

Chaque jeudi, je rends visite à Madame. La tombe est à un jet de pierres de la villa. Aujourd'hui, je t'ai apporté des géraniums. Tu n'aimes pas ? Décidément, quel caractère ! Même dans le trou, tu râles encore, jamais contente, hein ? Maintenant que tu es au repos pour l'éternité, dis-moi, toute cette méchanceté, à quoi ça t'a servi ?

Tu as enfin retrouvé Jason.

Même pas un merci ! Tu as toujours été une enfant gâtée. Je veux. J'exige. Sur-le-champ ! Gamine, va ! À ton âge, tu n'as pas honte ?

Tu aurais dû naître négresse, bien bamboula. *Y a bon Banania, tu aurais mieux apprécié la vie. Mais tu voulais me briser, baisse les yeux, Boy, tais-toi, trottine en souris dès que j'agite ma clochette ! Résultat ? Six pieds sous terre ! Tu dois drôlement t'ennuyer, ma chérie, personne à persécuter. Qu'est-ce que tu dois enrager sans ton carillon ! Tu ne veux toujours pas me causer ? Dire au moins merci pour les fleurs que je renouvelle chaque jeudi, les herbes folles que j'arrache autour de ta tombe...*

Essaie donc, au moins une fois : comment tu vas, Jeanne, et ta maman, et Nina. Non, décidément, les nègres ne t'intéressent pas... C'est un grand mystère, cette indifférence, même au fond d'un trou...

Tu veux savoir ce que devient Jonathan ? Figure-toi qu'hier soir il me prend la main, après le dîner. Jeanne, je veux que tu dormes ici. À cause des rebelles. Et, toute la nuit, il a tourné en rond dans sa chambre avant de s'aventurer dans le couloir, devant ma porte. La main sur le loquet. Un geste simple à pleurer. Tu tournes, tu entres, je t'attends, toute nue, sur le couvre-lit. Il n'a pas osé.

Enfin, Madame feu daigne parler !

Miracle ! Dans ta tombe, tu es encore jalouse ! La vie et la mort ne t'ont donc rien appris ? Après ton décès, j'ai eu très peur pour lui. Il s'effritait comme une porte grouillante de termites. Grâce à Dieu, il va mieux. Dévore ma bonne cuisine. Galope tous les soirs le long du fleuve. Parfois, je dîne en sa compagnie. Aux chandelles, sur la véranda. Il t'évoque encore, comme un carambolage dont il est l'unique survivant. Tes photos ? au panier ! Tes petites culottes ? au brasier ! La villa est propre, nette, tu ne fais plus la tête sur les murs de ta chambre, dans des cadres dorés. Bientôt tu auras disparu de la mémoire des vivants.

Moi, je ne t'oublierai jamais. Tiens, regarde, j'ai même amené l'arrosoir. Je t'aime à ma façon. Malgré ton silence de marbre...

Je te dois la vérité... Je ne l'ai encore jamais fait, ni avec Jonathan, ni avec Tartempion...

De quoi effarer ce vieux toubib qui parle de nous comme si on sortait de ses couilles. Mes copines de Léré hurleraient de rire. On m'embarquerait de force, avec muselière, direction le cabanon ! À mon âge ! Une négresse, ça baise dès que ça tête ! Bande de tarés ! Votre simple vue me rend malade ! Vous n'êtes que des brouillons d'humains... Une fille sur un million se donne pure à l'homme de sa vie.

Radio Nina.

Je serai celle-là. Des êtres naissent sur cette planète pour écrire le Petit Prince. *Moi, je suis venue pour aimer Jonathan, ses yeux si verts qui me promettent des fonds marins interdits aux moins de dix-huit ans, je serai à lui quand il le désirera. La nuit prochaine, qui sait... Il tournera enfin le loquet de ma chambre. Je suis prête à toutes ses folies. Sinon, pourquoi vivre ? dis-moi.*

Regarde-toi, sans amour, on grignote des biscottes, on boit du vinaigre, on agite la clochette ! Ne t'inquiète pas, tu seras la première au courant !

Ça te changera du silence des anges réputés très assommants !

Enfin tu te décides ! Bien sûr que je t'écoute ! Ça fait trois jeudis que je garnis ton ventre de fleurs, que je marmonne comme une demeurée, va-t-elle parler !

Si je regrette mon geste ? En voilà une idée !

Merci, je dors bien. Mieux depuis que tu nous as quittés.

Un sommeil d'enfant. Dans les films américains, on m'aurait acquittée sous les applaudissements !

Le vrai drame des morts, c'est leur bêtise qu'ils emmènent avec eux dans l'au-delà. Je ne raconte pas tout à Madame feu. Je tais certains secrets. Je lui jette du grain à picorer...

Jonathan sort tous les soirs. Son veuvage lui redonne des couleurs. Où vas-tu te perdre, Jonathan... ? M'aimes-tu comme ton cheval, ton auto, ton boulot... ? Tu ne remarques donc rien... ? Je n'ai pas grandi à tes yeux ? Je compte toujours pour du beurre... ?

Nous n'évoquons jamais Madame feu. Rien. Une seule fois, à la fin du dîner, il a dit : « Demain, tu diras à Ali d'arracher tous les plants de citronnelle. » Le parfum nocturne en devient obsédant.

16 janvier

Je furète autour de lui comme une mère arabe qui soupçonne une aventure, la perte d'un pucelage ! Tapie derrière la porte, j'épie son long corps musclé sous la douche, ses cuisses qui serrent les flancs de Sahara, avec une sauvagerie qui me coupe la respiration.

En son absence, je me glisse dans ses draps soyeux, nue, sois doux, Jonathan, il glisse sa main entre mes cuisses, effleure mon bouton comme une fleur qui exige de l'amour pour s'épanouir et qu'il ne faut surtout pas rudoyer sous peine de la condamner à l'obscurité.

Garde-moi, Jonathan, protège-moi, conseille-moi, je suis lasse de me battre contre les moulins à vent, tu dévores mes lèvres à coups de dents en me pénétrant comme on défroisse avec délicatesse les ailes d'un papillon. Tu mordilles mon cou, mes seins et tes mains se multiplient comme cette divinité hindoue à six bras sur mes cuisses et mes reins, je muselle un cri, le temps cesse, la villa n'est qu'un ballon lumineux perdu dans le ciel.

Nos corps halètent, côte à côte, je caresse tes cheveux, ton front en sueur, j'ouvre soudain les paupières : Ali m'épie, hilare, contre le grillage de la fenêtre...

17 janvier

« Un homme qui sort tous les soirs les glandes pleines... » insinue Nina.

Toi, je t'étranglerais bien dix fois !

Sale mégère !

Impossible de le suivre à vélo. Une fois j'ai essayé. Il m'a semée avant que je n'atteigne l'extrémité de l'allée.

Je te préférais dans le rôle du veuf inconsolable. Mais les hommes-éléphants...

Soit. Je me tais.

Vous aussi.

N'Djamena n'est pas une ville très pratique. Sans mer, sans montagne, en cas de chagrin, impossible de se noyer ou sauter dans le vide.

Garde le rang ! Tu es payée pour cuisiner, nettoyer. Tu n'as aucun compte à exiger !

Mais alors, avant, ses baisers, notre contrat, c'était du pipi de chat ?

Nous sommes si complices. Moi, je n'ai rien oublié ! Le problème est d'oser. Au moins une fois. Me glisser dans son lit, entre les draps. Le cueillir quand il rentrera la nuit, avec ce goût de cendre que donnent les amours furtives...

Je serai prête.

D'avance, j'accepte tous ses vices. Les Blancs en sont pourris. Dixit Nina. Sous l'Équateur, ils inventent des perversions ahurissantes...

J'accepte tout de toi, Jonathan. La brouette chinoise, le tourniquet breton. La sucette normande. Le lance-flammes berrichon.

– Un homme comme Jonathan n'est pas doué pour le veuvage. Moi, à ta place...

– Garde donc la tienne ! répliquai-je.

La vie est un drôle de mystère. Nina et moi sommes tombées du même ventre. Expliquez-moi. Par quel miracle... deux sœurs aussi dissemblables...

Jonathan est à portée de main. À moi d'oser. Nina ne se trompe jamais. Rien que d'y penser, je suis prise de panique, je deviens rouge, verte, bleue.

Une vraie fusée de détresse...

19 janvier

– Nina, je voudrais te parler...

Elle s'apprêtait à sortir, bariolée comme une libellule de nuit, la paupière orange, les lèvres poudrées d'or, en corsage écarlate tombant sur un pantalon de cuir moulant. Une allure d'enfer !

Elle a tout de suite compris. On a marché le long du fleuve au milieu des crapauds-buffles qui priaient pour la pluie.

Je lui ai dit simplement :

– Avec Émile, c'est fini.

– Il le sait ? a-t-elle sursauté.

– Non. Il rentre lundi pour m'emmener à Paris.

Elle a sifflé ses étonnements en allumant une cigarette.

– Ma vie est ici, ai-je enchaîné.

– Avec ton patron ? a-t-elle souri.

– Ça se voit tant ?

– C'est Versailles, son et lumière !

Je l'ai questionnée, sur les hommes, le plaisir, enfin tout ça. Par quel chemin... Nina était une experte. Licenciée ès Tagada.

Impossible de fermer l'œil. J'imaginais à en devenir folle, quels mots, quels gestes, pour avouer à Jonathan ce message simple : Je t'aime de toute mon âme.

Nina était intarissable sur ce sujet. Hors concours. Avec des détails...

– L'imagination du Blanc est un gouffre, a-t-elle conclu.

Une fois de plus, la position du missionnaire n'était qu'une rumeur, sans fondement. Elle a ri en m'entraînant par le cou :

– Baiser n'est pas si terrible, Jeanne ! Même qu'avec le temps on y prend goût !

J'aurais mieux fait de me taire ! Nina en rajoutait, histoire de se venger. Sous des dehors bravaches, elle cultivait une belle nostalgie de l'amour.

Comme une enfant devant sa poupée écrabouillée dans la boue par d'innombrables brodequins.

– N'oublie jamais, Jeanne, le Blanc, tu crois le posséder avec un mariage, des enfants, mais un beau jour, il remet sa trompe, ses oreilles et franchit l'océan pour rejoindre le troupeau !

17

L'après-midi suivant, Nina est venue à la villa, avec son air de voyante, qui en sait long sur mon avenir.

– Ton Jonathan va aux putes ! a-t-elle déclaré. Puis, sans me laisser le temps de respirer, elle a enchaîné :

– Il fréquente les nights clubs et s'encanaille aussi du côté de Farcha !

Ah ! elle la tenait sa revanche ! Elle m'a maintenu la tête sous l'eau en m'expliquant devant un café, que le chemin qui longeait le fleuve, du côté des abattoirs de Farcha était fréquenté par des broussardes tombées de leurs cocotiers. Elles étaient craintives, analphabètes, de vraies sauvages ! Tapies dans les buissons, elles sifflaient le client entre leurs incisives écartées.

Mais elle n'a pu poursuivre sa leçon. Elle s'est redressée en poussant un cri, ébouillantée par le café.

Elle me fixait avec stupéfaction.

– C'est donc si sérieux... a-t-elle dit enfin.

Elle s'est approchée de moi pour me calmer, me prendre dans ses bras, mon aînée d'un an, en me suppliant de me réveiller.

– Ouvre donc les yeux, Jeanne ! Ton prince charmant ne viendra pas t'arracher à tes toiles d'araignées, tu n'iras jamais au bal, petite Cendrillon...

Mon obstination la peinait.

– Ah, femme amoureuse a tête aussi dure que caillou !

Je lui ai resservi un café en m'excusant.

– Les hommes nous prennent et nous jettent ! Je te l'ai dit cent fois ! Tes rêves te rendent cinglée ! Pucelle à vingt ans, ma pauvre Jeanne... Dans quel monde vis-tu ? Au nom de Dieu, ton capital, c'est ton cul. Je n'invente rien. Regarde autour de toi ! Les gamines s'offrent à douze ans. Des petites futées ! Qui ont tout compris. Une dot, ça se prépare à la communale ! Regarde-toi, Jeanne, dans cinq ans, tu en auras vingt-cinq. Une vieille. Plus personne ne voudra de toi !

Elle a déplié une feuille en triomphant :

– J'ai relevé le numéro de sa Jeep : 432 X TC 2.

– Ça ne prouve rien ! ai-je crié en déchirant la feuille en morceaux. N'importe quelle tordue de ton espèce peut noter le numéro en plein jour !

Comme la cafetière était vide, je lui ai lancé les confettis au visage.

Cette nouvelle m'a envoyée au tapis. KO. Là-haut, Dieu comptait jusqu'à dix avec l'accent cockney.

Pourquoi vas-tu aux putes, Jonathan ? Et notre amour dans tout ça...

C'est humiliant, pour toi, pour nous, j'existe, tu sais, regarde-moi au moins une fois !

Émile rentre dans trois jours. Il me l'a écrit, téléphoné, télégraphié. Il a même dû jouer du tam-tam sur les toits de Paris. Jeanne, je viens te chercher. Je t'épouserai à Paris.

Un bel avenir en banlieue, dans une HLM. Avec mes économies, je t'offre un avenir de reine. Je travaillerai pour deux. Et moi, Émile ?

Tu m'attendras à la maison. La table mise, la soupe chaude. Tu torcheras nos enfants. J'en veux onze, une équipe de foot !

Ce genre de blague n'amuse que lui...

Je renonce à ce brave garçon. Il veut un ventre à tout prix. Prends celui de Nina. Le sien, le mien, quelle importance !

C'est décidé, Nina lui pondra ses onze nains.

Jonathan est rentré à cinq heures du soir, nerveux, le sourire en morceaux. Il a ordonné à Ali de seller Sahara avant de filer sous la douche.

Moi, j'étais toujours attablée dans la cuisine, l'esprit vide, après le départ de Nina. La terre entière venait de me présenter ses condoléances.

Les gens vous collent de ces fièvres, rien qu'avec des mots ! J'ai bu un verre d'eau glacée. Puis je me suis levée et je suis sortie dans le jardin, côté cuisine. Ali achevait d'harnacher Sahara qui piaffait d'impatience. Ensuite Ali a couru ouvrir le portail, selon le rite parfaitement huilé. En attendant que son maître le franchisse au pas.

Je suis entrée dans la hutte du cheval. Sans réfléchir, j'ai enchaîné les gestes, tandis que l'animal chassait les taons de la queue.

Une minute plus tard, je me suis retranchée dans la cuisine. Il était temps ! Jonathan venait de surgir, botté, en jeans et polo vert. Cravache au poing, le pas vif, les mâchoires serrées. Il a sauté sur Sahara qui a franchi le portail et s'est éloigné au trot en direction du Chari qui luisait dans le crépuscule comme un boa violacé. Jonathan galopait, bride abattue, comme si Dieu brusquement donnait des ailes à sa monture. Il filait ventre à terre, droit devant, les passants égarés sur le terrain vague bondissaient sur le côté pour éviter ce *cheïtane* qu'une force invincible habitait.

J'étais très anxieuse. Ali, devant le portail, observait aussi la cavalcade démente, subjugué par tant d'ardeur, puis, avant d'atteindre le fleuve, j'ai aperçu là-bas, très distinctement, Jonathan perdre l'équilibre au ralenti, glisser au galop sous le ventre du cheval en s'accrochant désespérément au pommeau de la selle qui suivait aussi le mouvement. Il devait crier mais il était trop loin, juste un point violacé prêt à être piétiné par les sabots. Aucune force ne pouvait ralentir la course de Sahara qui s'éloignait dans un nuage de poussière, et, malgré la distance, je distinguais la botte de Jonathan coincée dans l'étrier, son corps totalement sous le ventre de l'animal, que la chute imminente du cavalier affolait de plus belle et dont les sabots martelaient sauvagement la terre menaçant à tout instant d'écraser Jonathan.

J'ai couru en hurlant, imitée par Ali et d'autres témoins impuissants en direction du fleuve où le cheval venait de pénétrer pour s'abreuver.

Quand j'ai atteint enfin la berge, Jonathan se frottait les reins en conduisant Sahara par la bride. Il marchait en boitillant, méconnaissable, masqué de sueur et de poussière rouge. Il tremblait de tous ses membres, le dos rougi de sang, le polo lacéré, poisseux, pendant sur les épaules, en lambeaux. Il était d'une pâleur... J'ai bondi vers lui, incapable de me dominer, je l'ai serré de toutes mes forces, malgré ses grimaces douloureuses en pleurant comme une enfant qui a commis un péché et implore son pardon.

Il m'a caressé les cheveux, ému, en répétant : « Calme-toi, Jeanne ! » tandis que Sahara grignotait des feuilles d'eucalyptus.

Après avoir ramené Sahara dans sa hutte, Jonathan a lancé à Ali :

– Suis-moi.

Le gardien se tenait bien piteux, au milieu du salon. Jonathan a allumé un cigarillo :

– Pourquoi as-tu voulu me tuer ?

Ali a bredouillé qu'il ne comprenait pas. Il savait seller les chevaux. Il a invoqué Allah, bien indifférent, qui lui aussi, comme Jonathan, se croisait les bras.

– À la fin du mois, tu dégages ! a lancé Jonathan en le chassant de la main.

Ali m'a croisée dans le jardin. Il a pilé en me fixant, l'œil noir. S'il était sorcier, je serais morte, flytoxée comme une mouche à bout portant.

18

J'amusais beaucoup Madame feu avec mes histoires, mes crises de larmes.

Les morts rient aussi, vous le saviez ?

J'avais besoin de me confier. Autour de moi, personne n'était capable de me conseiller, je veux dire, au sujet de Jonathan. Ses faiblesses. Comment ferre-t-on ce singulier poisson ? Quel appât ? Quel type d'hameçon ?

Pour Nina, c'était le sexe. Point final.

Madame feu l'avait pratiqué pendant dix ans.

Tout en chuchotant, à cause du gardien qui rôdait dans les parages, j'arrachais les mauvaises herbes de sa tombe.

En Afrique, c'est incroyable. Plantez un poteau en bois, revenez la saison suivante, il sera tout fleuri. Vous affirmer qu'il donnera des mangues serait exagéré.

Donc, qu'est-ce que je dois faire, grande sœur ? Madame a réfléchi un moment. Drôlement long. Elle était capable de se taire comme vous n'en avez pas idée. Ça peut se comprendre. Quand on a l'éternité devant soi...

À la fin, tout ce qu'elle a trouvé à dire, m'a rendue furieuse :

– Moi, à ta place, j'épouserai ce brave Émile !

Textuel !

Reste à la tienne !

En revenant du cimetière, j'ai pensé une fois encore, les morts emportent dans leurs bagages leur connerie.

Émile m'attendait à la villa, sans son uniforme vert fluo. Il était drôlement ému en me serrant contre lui.

Avec une odeur insistante, bizarre, attrapée là-bas.

Il répétait, bouleversé :

– Tu es superbe, Jeanne !

Bon, ça commence à bien faire. D'abord Madame feu avec ses conseils de crémière, ensuite ce type qui sous prétexte de papiers de fiançailles me lèche le visage comme un chien.

Enfin, le dîner, oui, merde, ça ne se prépare pas d'un coup de baguette magique !

Moi, bien pelote de nerfs dans ses bras, je comptais les secondes, bien fainéantes. La vie est une drôle d'aventure. À Paris, Émile avait pris racine. J'avais du mal à m'imaginer avec cet étranger dans un lit, bon, d'accord, on avait rêvé ensemble, les doigts noués, au clair de lune, en brousse, à un avenir où nos odeurs copineraient jusqu'au cimetière. Avant de signer le contrat devant le maire. Un torchon de papier. Les chefs d'État sont moins regardants avec les traités.

Alors nous, vous pensez... enfin moi !

Il me dévorait des yeux comme un père Noël qui se serait trompé de saison, de client. Moi, mes souliers étaient drôlement garnis.

Mais ça ne le regardait pas.

Émile m'a offert un poste transistor noir en me décrivant le fonctionnement. Ah ! il avait bien retenu la leçon du vendeur ! Et ce bouton, et celui-là, et patati et patata ! J'en ai tourné un au hasard : une voix caverneuse débitait qu'un raz-de-marée dans le golfe du Bengale avait tué des milliers de pouilleux, comme lui, comme moi.

Les gens vous offrent n'importe quoi.

Moi, je ne donnerai jamais un poste à Jonathan. Sa vie doit être belle et bonne. Je saurai écarter les mauvaises nouvelles, les mécréants.

Il faut être réellement amoureux pour penser si loin.

À cause d'Ali, vautré sur le muret comme le lézard, il m'a entraîné derrière la villa, dans le jardin. La main sur le cœur, il m'a avoué combien il m'aimait, n'avait cessé de penser à moi, dans son gourbi de banlieue.

– Je veux savoir, Émile, si tu m'aimes vraiment.

– Tu sais bien, ma Jeanne !

– Non, justement !

Il a tordu ses mains, son visage, pas beau à regarder, perché sur un pied comme la grue. Où diable cherchais-je à l'entraîner... ?

– Je suis très pudique, ma Jeanne !

D'abord, il m'agaçait à m'appeler ainsi, comme si je lui appartenais !

– Un muet trouverait les mots ! lui ai-je lancé, furieuse.

Le ciel, entre les arbres, perdait sa lumière, s'assombrissait dans les tons violacés.

– Je n'étale pas mes sentiments comme les citrons au marché !

Seul, mon ventre élastique l'intéressait bougrement. J'insistais. Je tenais bon. Avant de le recaler définitivement. Je voulais vérifier, comparer. Comment aiment les autres ? Ressentent-ils cette petite mort lorsque l'aimé s'absente une minute sous la douche, au bar-tabac ? ou quoi.

Émile avait de la peine à arracher son cœur et le poser bien saignant, sous mes yeux.

Il a réfléchi moins longtemps que Madame feu, avant de répondre dans un jargon bizarre, inconnu au bataillon, en justifiant un bon boulot, un uniforme fluo, un toit pas bien grand mais quand on est fauché on évoque un nid, il s'emballait dans sa démonstration en lorgnant en douce mon ventre comme une machine à sous qui cracherait le jackpot, enfin, il a porté l'estocade finale en évoquant sa prochaine promotion : bientôt chef balayeur, ma Jeanne, de la rue de la Fontaine-au-Roi, Paris XIe.

J'ai hoché la tête. Ravie pour lui. On ne vient pas au monde pour vivre dans un clapier avec un fiancé qui vous parle d'amour, comme on se brosse consciencieusement les dents.

Nina a sauté au plafond.

– Tu parles si je suis d'accord ! Ah ! oui alors ! Quel bonheur ! Jeanne !

Elle en devenait timide, rougissante, comme la petite Nina avant son premier client...

– Mais s'il n'est pas d'accord avec ta proposition ?

– Émile sera ravi de t'épouser à Paris !

19

Mon projet est fou. Désespéré. Télégraphiez-moi si vous en connaissez un meilleur.

Moi, je donne ma langue au chat. Je commence ce soir. À dix heures tapantes. Quand le Blanc gavé circule lentement au volant de son auto, sur le chemin sinueux des abattoirs. À l'affût des sifflements.

Au jardin de l'Éden.

Monsieur dîne ce soir en ville ? Parfait.

Une mince chance de promener mon hameçon sous son nez.

J'ai choisi un buisson à l'écart, tout au bout de la petite route, au coin des abattoirs de Farcha. Avec au-dessus, une lune musulmane en croissant.

J'attends, tapie dans mon buisson. Derrière moi, la route n'est plus qu'un chemin de terre qui se perd dans une jungle luxuriante hantée, dit-on de voleurs et de criminels.

Sur mon passage, j'ai compté une douzaine de filles planquées dans leurs taillis. Chacune a son territoire. Les voitures freinent au coup de sifflet, une pute en sort, crache un prix, avec et sans gâterie, se coule à l'avant de l'auto ou revient dans sa cache.

La masse sombre des abattoirs se découpe dans l'obscurité laiteuse emplie du cauchemar des bêtes. De l'autre côté du chemin, un terrain vague descend en pente douce vers le fleuve argenté.

Je suis un masque bariolé qui fronce les sourcils dans le noir...

J'ai peur. Qu'un type jaillisse de la jungle.

Personne ne viendra me sauver. Chacun sa peau. Sa vie. Son trépas. C'est le lot des filles de joie. Les risques du métier. La loi des malfrats qui se glissent dans la nuit de soie.

Je prie le Seigneur. Guide mon Jonathan vers moi. Je suis trop lâche pour m'aventurer au *Tagada*, dans ces boîtes éclaboussées de lumières et de musiques.

Agenouillée au bord de l'eau, je me débarbouille, passé minuit, j'ôte la jupe en cuir de Nina, son corsage rouge.

Le monde redevient propre. Le fleuve chantonne une ballade où se mêlent les échos des bêtes égorgées et cette odeur douceâtre qui flotte comme un suaire au-dessus de moi...

La nuit suivante, j'étais à nouveau là.

La Jeep progressait là-bas, au ralenti, balayant des phares des silhouettes crépues qui surgissaient des fourrés comme des diablesses d'une boîte à malice sur son passage, sifflant et lui proposant des perversions inédites, avant de replonger dans leur abri, et le véhicule au ronronnement familier avançait d'une allure paresseuse, me plongeant dans le plus profond désarroi.

Quand il a freiné devant moi, j'étais plantée au milieu de la piste, les bras en croix, tremblant de tous mes membres, aveuglée comme un hibou.

– Monte ! a-t-il ordonné en ouvrant la portière.

Il a conduit pleins gaz, sans desserrer les dents, avec une tête à faire du cinéma, bien monstrueuse, à cause du tableau de bord qui l'éclairait par en dessous et me collait une trouille d'enfer chaque fois que j'osais un regard dans sa direction.

Ali a ouvert le portail sans se presser, comme un futur chômeur qui est licencié dans trois jours.

Jonathan a freiné devant le perron. Et coupé le moteur. Je ne reconnaissais plus rien. Le flamboyant, la villa. Ali.

Quand je suis passée, cassée, devant lui, planté comme un cactus, ses yeux m'ont scrutée au passage en rapace.

Malgré mon déguisement, m'avait-il reconnu...

Les Toubous du Nord sont réputés pour leur odorat.

Ils repèrent une femelle rien qu'à l'odeur, à des kilomètres à la ronde.

Jonathan m'a conduite par la main le long du couloir obscur, dans sa chambre, sur son lit.

– Éteins, ai-je marmonné.

Il a obéi. Sans poser de question. Pourquoi ? combien ? Ton nom. Peut-être souriait-il dans le noir. Ma pudeur de petite pute de Farcha.

À travers la fenêtre grillagée, une lune curieuse se faufilait jusqu'à nous. Je me suis blottie dans un recoin sombre, les mains sur les épaules, prête à hurler au premier geste.

Il s'est penché vers moi et, le geste doux, m'a entraînée sur le lit. Il s'est allongé à mes côtés sans tenter la moindre caresse. Il respirait lourdement, et sentait l'alcool, malgré la température glacée du climatiseur.

Sa respiration est redevenue normale. J'ai pensé, pleine d'espoir, il s'est endormi. Mais sa voix a retenti, pâteuse :

– Ôte-moi les bottes.

J'ai contourné le lit en prenant soin d'éviter la lune, j'ai coincé sa botte gauche entre mes cuisses, j'ai tiré. Puis la droite. Il a marmonné des mots que je n'ai pas compris. Les hommes seuls parlent de cette voix, dans le noir. Je l'ai entendu se déshabiller. Il arrachait ses vêtements et les jetait en boule à l'autre bout de la chambre, comme s'il visait une angoisse insupportable, tapie quelque part dans les ténèbres.

Je me suis déshabillée avec du mal, à cause de cette jupe de Nina, aux agrafes compliquées, le corsage écarlate, le soutien-gorge, les bas résille. J'ai gardé sa petite culotte mauve de strip-teaseuse.

Je me suis glissée entre les draps, la chair bleue, sans bruit, comme une enfant qui a peur de la nuit. Sa main a saisi la mienne et nos doigts se sont mis à copiner comme de vieilles connaissances, en se moquant de nos corps effarouchés, le mien je veux dire, qui tremblait de terreur sacrée comme une vierge sur le point d'être immolée.

Il n'a pas éclaté d'un rire gras, comme un propriétaire qui paie pour me chiffonner.

Rien de tout cela.

Il devait épier ma respiration.

Il a caressé l'arc de mes sourcils, mon front étroit, bombé, mes cheveux soyeux qui ont crissé une musique de perles, puis ses lèvres soudainement ont mordillé les miennes, la naissance de mon cou avec une avidité de vampire, c'était bon, délicieux, des frissons m'électrisaient en ondes jusqu'à la plante des pieds.

Entre ses mains, j'ai cessé d'être une putain à cinq mille pour devenir une fille du hasard dont les dents claquaient encore...

Je n'avais qu'une envie, à cet instant précis, être sa pute attitrée, alors je me suis laissée aller tout à fait.

Il est entré en moi de tout son poids et sa bouche bâillonnait la mienne pour boire mes gémissements.

On s'est endormis, enlacés, comme ces statues de Pompéi dans la bibliothèque de papa et moi, j'ai jalousé ces couples romains figés dans un corps à corps pour l'éternité.

J'ai failli lui chuchoter cette envie soudaine de mourir dans ses bras, mais je me suis souvenue de mon état de pute broussarde... Avant de sombrer dans le sommeil, j'ai murmuré, « Oui, *missié* », au lieu de bonne nuit, mon amour...

L'aube m'a réveillée en sursaut. Sur le toit, j'ai identifié le caquètement des cigognes qui avaient nidifié une semaine plus tôt.

Le jour pointait déjà, timide, en coups de langue bleue sur le corps nu de Jonathan. Un autre sur le carreau. J'ai enfilé mon déguisement à la hâte. Sans respirer pour ne pas le réveiller. J'avais juste le temps de sauter dans un taxi, récupérer mon vélo, dans le dernier taillis de Farcha, rentrer à la case. C'était dimanche. Une chance. Jour de congé. J'ai remis mes lunettes noires, mon fichu sur la tête. Le temps pressait. J'étais terrorisée à l'idée d'être surprise. J'ai placé les cinq billets de mille sur sa poitrine. Puis, j'ai sorti une bague de mon sac et l'ai glissée avec mille précautions à son annuaire gauche.

Dehors, Ali stationnait devant le portail. Avait-il épié notre nuit d'amour... Mon réveil ? Il semblait me guetter depuis un moment. Il a bien fallu que je passe devant cette ordure. Il se tenait au beau milieu du passage, me barrant l'accès au chemin. J'ai dû me faufiler la tête basse, sur le côté, en crabe, pour l'éviter.

Alors que je m'éloignais à vive allure, courbée, à la recherche d'un taxi, sa voix s'est plantée, métallique, entre mes épaules, comme un coutelas :

– À demain, madame Jeanne !

Toute la journée du dimanche, j'ai lutté pour ne pas sauter sur mon vélo et courir embrasser Jonathan.

Lundi matin, mon cœur battait fort en franchissant le portail.

Dans le ciel, des chauves-souris filaient en direction des monts du Cameroun. L'air frais épongeait mon corps en sueur.

Ali était planté sur le perron. Immobile. Comme la vérité faisandée hors de son puits. Il quittait la villa après-demain. Bon débarras ! Je n'étais pas trop inquiète. Jamais il n'oserait confier à Jonathan le secret. Depuis belle lurette, le patron avait cessé de l'estimer.

J'ai posé le vélo contre le mur, j'ai marché vers le perron. Il me barrait le chemin de la porte. Cette fois, j'ai attendu qu'il dégage en le fixant dans les yeux.

Le moindre mot et il avait droit à une gifle carabinée. Il a senti ma détermination en s'isolant sous le flamboyant. Les aiguilles rouges tombaient sur sa calotte jaune, en pluie de sang.

En traversant le salon pour me rendre à la cuisine, j'ai surpris Jonathan, tout nu, sortant des toilettes, il a ouvert des yeux étonnés en posant sa main sur son sexe.

J'ai souri en pressant des oranges. Sa semence dans mes entrailles valait bien tous les discours.

Son étonnement d'enfant m'a donné envie de pleurer. Les œufs au bacon grésillaient au fond de la poêle. Ensuite, j'ai disposé des toasts grillés au beurre salé en pensant à toutes ses petites faiblesses qui me le rendaient encore plus attendrissant.

Dans le jardin, j'ai choisi une rose pêche que j'ai disposée sur le plateau du petit déjeuner.

Il avait dû être drôlement surpris en découvrant les cinq mille francs sur sa poitrine et l'émeraude à son annuaire gauche. Dix mois de salaire.

La porte de la chambre était entrouverte. Se doutait-il que j'étais la sauvageonne du samedi soir... Dans la lumière naissante de la pièce, Jonathan, au fond du lit m'a souri, gêné en remontant le drap au menton. J'ai failli tout lâcher et me jeter dans ses bras.

À cause du plateau qui cliquetait entre mes mains, je me suis dirigée vers la table basse en verre, à droite du lit. Sans un regard. La respiration en suspens. Le climatiseur grondait dans la pièce comme un monstre crachant de la glace.

Jonathan n'a pas dit un mot, bien carpe sous les draps.

En relevant les yeux, mes jambes ont soudainement flanché en apercevant sur l'oreiller, à ses côtés, des serpents rouges qui ondulaient en mèches désordonnées. Invisible sous les couvertures, l'inconnue dormait paisiblement.

Je suis sortie à reculons...

20

J'avançais en somnambule, les bras le long du corps, l'âme aussi mordillée qu'un masque nègre enfoui dans une termitière, en direction du milieu du fleuve dont le niveau bas à pleurer lui donnait un faux air de rivière croupie que même les crocos négligeaient pour se vautrer plus en amont, dans les mares creusées par les alluvions, et je pestais contre les pierres tombales beaucoup trop lourdes et qu'on devrait aussi penser aux vivants... Impossible de desceller celle de Madame feu, peinarde dans son trou, et qui m'aurait volontiers fait une petite place, en bonnes copines et je l'entendais aussi ahaner sous mes pieds, encourageant de la voix, pousse donc, puis renoncer enfin parce que l'effort physique n'est pas recommandé en leur état et que les humains sont définitivement de pauvres ignorants, qui ont beau ramasser des cailloux sur la lune, mais sont incapables de concevoir des dalles légères, bien pratiques les jours de déprime.

J'ai dû tomber très malade. À cause du monde qui envahissait mon ciel au-dessus de la natte.

Maman veillait à mon chevet et, devant ce nouveau clin d'œil du sort, elle secouait sa tête déplumée, incapable de gémir et de pleurer, avec juste cette sécheresse dans ses yeux ternes, aussi stériles qu'une terre condamnée à perpétuité.

Nina et Émile m'obligent à avaler des potions amères, comme si le poison dans mon sang ne suffisait pas ! Et des poudres et des mixtures aussi puantes que la décharge à deux pas de la case.

M. Hippolyte l'épicier, méconnaissable sans son téléphone noir, recommandait à maman des gelules périmées supposées m'arracher au coma.

Et tout ce monde bien intentionné dictait des médications contre les sorciers, la peste, la frigidité, la folie, les moustiques qui traversaient le pays en important des virus inédits à la pointe de leur aiguillon, sans oublier les manigances du diable qui me tirait, chaque jour davantage, par les pieds.

Et je subissais, brûlante de fièvre, en rage d'être encore en vie les fantasmes de tous ces charlatans qui jouaient les apprentis guérisseurs.

« Pour lui, répétait une voix, tu n'es qu'un balai, une casserole, une cafetière, quand tu casses, il te jette et te remplace ! »

Émile était le plus touchant. Pauvre petit balayeur qui m'avais choisie au milieu des pondeuses de Léré... Tu auras tout gobé en boa, la virginité de Nina, son travail de couturière, ses pudeurs de pucelle... Une main autour de sa taille, en lunettes noires et complet veston, dans l'étuve de la case, Émile remerciait le ciel de lui avoir offert en catastrophe une nouvelle fiancée, à la robustesse de bûcheron, et j'appelais Fouad fils dans mes prières, qui rôdait sans doute autour de la case, avec un pistolet et jurait ses grands dieux dans tous les bars de la capitale de me trouer la peau, encore des mots, enfin quoi, tu entres, tu vises, tu tires dans le crâne, merde, ce n'est pas sorcier !

Un brouillard épais se faufilait jusqu'à moi, chassait les curieux, la main de Nina serrait la mienne, tandis que maman entre deux haltes devant la prison, marmonnait à mon chevet, malgré elle, cette question aussi triste qu'une pluie de cimetière : « As-tu des nouvelles de papa ? », et mon corps étrangement léger, décollait du sol, amorçant enfin l'ultime voyage, je m'élevais avec un sentiment de félicité, au gré des vents, au-dessus de cette capitale des sables, laide comme les sept péchés capitaux en bouquet, en direction d'un soleil aussi doux qu'un chat, qui me clignait de l'œil pour mieux m'appâter.

Brusquement, comme un cerf-volant batifolant dans le ciel, une secousse résonnait dans mes os, je me raidissais sous le choc... En bas, au bout de la corde, comme une ancre plantée dans une dune, je reconnaissais la silhouette inquiète de Jonathan...

21

Nina me retenait à la vie, avec une volonté digne d'admiration, et son regard éloquent me suppliait : « Aucun cachet ne te guérira. Tu dois l'arracher de ton esprit, c'est ton mal, ta misère... »

Méduse écrabouillée de fièvre sur mon rocher, que répondre à cela...

Si. Occupe-toi de tes fesses.

Émile est rentré en France. Ramasser la merde des Blancs est une sérieuse affaire de contrat.

– Je le rejoindrai dès que tu seras rétablie. Tu as intérêt à guérir au galop, ma vieille ! Émile n'est pas une valeur sûre, je veux dire, il me croit vierge, on ne l'a pas encore fait. Je lui ai promis. Après la bague au doigt. Mais les garces parisiennes raffolent du nègre ! Ça les excite ! Un homme seul en train de laper sa soupe... Et personne pour lui presser les glandes... Tu vas guérir, oui ?

Nina en est devenue méconnaissable. Sans ses tics agaçants de pute. Elle veillait sur moi, l'âme chaulée, le sourire d'une sainte qui consacre sa vie aux lépreux.

Jonathan était planté au centre de la case, gigantesque, désorienté, voûté à cause du plafond bas, chuchotant avec Nina.

Quand j'ai ouvert les yeux, Nina s'est éclipsée en lui abandonnant sa place à mon chevet.

Il a saisi ma main délicatement, comme celle d'une lépreuse, qui tombe en morceaux en répétant d'une voix émue :

– Enfin, je t'ai retrouvée !

À son annulaire gauche luisait l'émeraude. Des larmes ont coulé sur mes joues.

– Ludovic t'a aperçue au milieu du Chari. Ensuite, tu as disparu. J'étais très inquiet, Jeanne...

Il m'a souri comme au bon vieux temps où l'aube ne se levait que pour nous.

Je devinais derrière moi, la silhouette immobile de Nina, comme un caillou têtu prêt à troubler la surface pure d'un lac.

– Pourquoi marchais-tu dans le fleuve ? a-t-il repris.

– C'est mon secret...

– Je veux le partager avec toi, Jeanne...

Il attendait, impatient, implorant, et ses doigts enlacés aux miens m'enjoignaient aussi d'avouer, en pressions douces, insistantes.

– À une époque très reculée, ai-je murmuré, les hommes de notre tribu étaient immortels, mais ils vieillissaient aussi. Quand ils étaient vraiment fatigués de vivre, ils se rendaient au bord du Chari, entraient dans le courant, se dirigeaient vers un grand calceidrat planté près de la rive camerounaise. Au pied de l'arbre, tu disais simplement ces mots : Je ne veux plus vivre. Alors, l'arbre abaissait ses branches et cueillait tes deux âmes, la petite et la grande. Ensuite, le calceidrat lâchait la grande âme dans le fleuve tandis qu'il projetait l'autre au fond du ciel.

Jonathan était devenu livide.

– L'arbre n'a pas voulu de moi.

Il s'est éclipsé sans un mot et je l'ai entendu chuchoter fébrilement avec Nina. Puis il est revenu à mon chevet. À l'aide d'un mouchoir portant ses initiales, il a séché mes larmes, mon front en sueur. Cet effort m'avait épuisée. J'ai saisi sa main gauche en murmurant :

– Vous avez une jolie bague, boss.

Il a rougi en acquiesçant.

– C'est un cadeau ?

– C'est mon secret a-t-il marmonné.

J'ai refermé les paupières, très lasse.

– Tu vas guérir, Jeanne, je m'occupe de tout.

Puis, après un silence, il a dit encore :

– Reviens vite. J'ai besoin de toi.

Il a demandé la route à Nina. La permission de s'en aller.

Un peu plus tard, le toubib blanc est entré sans frapper, comme au temps des colons. Avec sa trousse médicale. J'ai reconnu le vieux docteur du fameux dîner.

Il s'est installé à mon chevet sans dire bonsoir, comment va, les chameaux, les moutons. Rien. Une brute coloniale. Il m'a pris le pouls une minute interminable en lorgnant Nina. Puis ses pattes m'ont tripoté la poitrine, le ventre, les cuisses, comme de sales bêtes avides de chair fraîche. Mourante, j'excitais encore. Ses yeux très proches, je les ai bien observés durant l'examen : jaune délavé ils étaient, glauques, piquetés de rouge.

Au milieu d'une face aussi fripée qu'un cul de singe. Il a deviné mes agacements. Il a ôté ses mains, ses envies et, dans un soupir clouté d'aïl, il a diagnostiqué, sévère :

– Un peu d'anémie. Rien de plus... Tu m'avales deux cachets par jour et dans moins d'une semaine, tu reprendras tes sauts de carpe !

J'ai souri malgré moi. Il a posé une petite boîte bleue sur le tabouret puis m'a abandonnée pour entreprendre Nina, adossée contre la porte, lascive, flattée d'être serrée par le meilleur toubib blanc de N'Djamena, elle riait trop fort, retrouvant au galop ses réflexes du *Tagada*, avec son fameux sourire à dix mille, spéciale cuvée pour grosses légumes blanches, elle s'offrait un extra avant de s'envoler pour Paris ; enfin soulagée par ma convalescence prochaine, elle frottait son cul moulé de soie contre le montant en bois tandis que le vieux dégueulasse se penchait sur elle pour l'ausculter gratis. Ils ont échangé aussi des cochonneries avant de se décoller, tels des escargots gluants, avides de baver ensemble dans la soirée.

Nina a reposé le bol de soupe vide.

– C'est bien, a-t-elle opiné, satisfaite. Enfin, tu redeviens raisonnable ! Quelle idée de se laisser mourir de faim, de chagrin ! Ces héroïnes-là ne vivent que dans les livres. Mais pas à N'Djamena !

Je n'étais pas douée pour imiter ces tuberculeuses de la brousse française.

– Jeanne, dis-moi la vérité. L'as-tu fait avec ton patron, oui, Jonathan ! Ne joue pas les idiotes avec moi ! Tu refuses de répondre ? C'est bien ce que je soupçonnais ! Il t'a dépucelée comme une bonniche ! Les contes de fées ne prennent pas racine dans nos sables mouvants ! »

Le bol s'est fracassé au-dessus de sa tête.

– Ce toubab te rend complètement marteau ! Regarde-toi ! Un vrai fantôme ! La peau et les os ! Et tout ça, pour une affaire de bengala ! C'est grave, Jeanne, tu as voulu mourir...

– Il m'a avoué qu'il avait besoin de moi !

– Bien sûr ! Sa villa doit être dans un drôle d'état ! Il se nourrit au lance-pierre ! Je te crois ! Ma pauvre Jeanne...

Depuis ce matin, la pluie tombe, monotone.

Sa musique s'accorde à mon état.

La nouvelle patronne revient de la cuisine, avec la cafetière, deux tasses. Elle me dit plein de choses gentilles en me servant. De ces mots affectueux qu'on accorde volontiers à son perroquet.

– Je suis vraiment heureuse de te savoir rétablie. Tu rentres chez toi si tu as encore de la fièvre. On se débrouillera bien, Jeanne, ne t'inquiète pas ! Tu sais, je ne suis pas du genre... Elle a grimacé en feignant d'agiter une clochette. Combien de sucres ? Moi, je le bois pur. J'aime la saveur authentique des choses !

L'authenticité était sa pâte dentifrice. Elle me la servait à tout moment, pour le riz complet qu'elle cuisinait, ses lectures, ses pensées.

Écartait-elle aussi les cuisses dans cet état d'esprit... Pauvre Jonathan !

Certes, elle était de race blanche, mais ne pas confondre avec les créatures endivées qui passaient leur séjour à médire de leurs serviteurs. « Toi et moi, Jeanne, c'est pareil ! » me répétait-elle avec un sourire de bonne sœur qui torche les lépreux.

Moi, j'étais payée pour me taire, face à cette jeune femme aux cheveux rouges qui sentait, malgré la saison des pluies, et dont les seins lourds se soulevaient d'indignation quand elle punaisait les injustices des Blancs.

Je sirotais mon café, moins authentique que Sally, les yeux baissés, l'âme éparpillée aux quatre vents, avec juste une boule glacée à la place du cœur.

J'étais revenue à la villa, bien décidée à patienter qu'elle crève d'une maladie de peau.

« Tu es si belle, Jeanne. J'aimerais tant que nous soyons amies ! »

Elle s'est tue, troublée, perplexe devant ma mine résolument sombre, mes soupirs agacés, mes poings serrés. Comme elle ne pouvait me tirer les vers du nez, elle a curé le sien, sans vergogne. Avec ce drôle d'accent caoutchouté qui gonflait ses joues.

« Je viens de Bristol, en Angleterre, une ville qui sent la suie et le soleil en morceaux ».

Où diable cherchait-elle à m'entraîner avec ses confidences... Elle avait purgé un an de prison, « On se dit tout, OK ? », une histoire de drogue, pour couvrir son ami. Qui l'avait abandonnée. Derrière les barreaux de sa cellule, elle surprenait parfois des renards argentés qui fouillaient les poubelles. Et elle fondait en larmes chaque fois qu'elle me resservait ses renards affamés et je bouillais en silence, j'avais déjà assez de poubelles à nettoyer ! « Mon père, enchaînait-elle, un peintre célèbre – entre nous, je tiens un don de lui –, était paralysé, c'était même pire que ça, une maladie de Blanc qui te grignote les nerfs, lentement, comme un ver de Guinée, et qui claquent comme des cordes de guitare, avec des muscles qui devenaient aussi mous que du cachou. »

Elle s'est effondrée sur le tapis, le dos tressautant de chagrin. Puis, s'essuyant bravement les joues : « Excuse-moi, Jeanne ! » et moi, je hochais la tête, friande de ses malheurs qui m'aideraient à m'en débarrasser proprement, sans utiliser le fer que vous savez. Il te tripote comme une jument, vous faites vos saloperies en stéréo, ce matin encore, le jour de mon arrivée ! Tout de même ! Alors que je devrais être à ta place, entre ses bras, dans son lit. Que j'ai tout tenté, tu m'entends ! Des trucs de potence dont tu n'as pas idée ! Qui te glaceraient le sang ! « Où vas-tu, Jeanne ? Le dîner ? On s'en fiche ! On ouvrira une boîte de cassoulet pour Jonathan ! Moi, j'ai déjà cuisiné mon riz aux légumes bio. Jonathan n'a rien à dire ! » Elle m'a décoché un sourire rusé de sorcière en train de touiller des crapauds dans son chaudron. Bon toutou, ça, Jonathan, toujours d'accord avec moi, donne la papatte !

Je me suis rassise, puisque la patronne me l'ordonnait. « Tu me donnes quel âge, Jeanne ? En général, on m'en donne dix-huit, ajoutes-en dix de plus ! Ah, j'en ai bavé, tu sais... » Elle a meublé l'après-midi de mots dégoûtants d'impudeur, en postillons et je me télégraphiais en douce que j'étais une chanceuse d'être née dans le pays le plus misérable de la terre et que ma famille éclatée en prison, au cimetière, et le cadet, va savoir, dans la rébellion, et Nina à Paris, au nom de Dieu, tu es une petite vernie, Jeanne, sans oublier cet amour fou pour Jonathan qui me tuait chaque seconde que Dieu jette, et ces requins, Ali, Fouad, le commissaire faussement paternel, et Mallah Alladji, qui avaient juré de me déchiqueter vivante, oui, j'étais l'élue des dieux comparée à cette petite Anglaise au nez fraise qui fuyait, et ses yeux rougis de lapine qui adorait par-dessus tout s'apitoyer sur elle-même, et j'assistais en sirotant mon café froid à ce spectacle larmoyant, insolite, comme une enfant découvre la neige...

À la fin du déluge, elle a trompeté dans un mouchoir en riant comme une écervelée soulagée, drôlement légère tout à coup, répétant sur un ton d'excuse : « Que vas-tu penser de moi ! »

Frissonnant de solitude, elle m'a invitée a jouer à mon tour les pleureuses en me bombardant de questions intimes, revenant sur ma maladie, avec une perspicacité digne du commissaire Idriss

Salamat : « Tu es si triste, Jeanne... » Ma main dans la sienne.

J'ai gardé le silence. J'ai bien fait. Ces gens-là, sous prétexte d'amitié, vous volent votre mémoire. J'ai répondu, d'une voix neutre : « Tout va bien, Madame. »

La pluie tombe, amère sur la ville endormie. Et la vraie Jeanne dans tout ça... Plantée au pied du grand calceidrat, de l'eau au menton, attendant que l'arbre daigne cueillir mes âmes qui finiront perchées comme des chouettes... Madame feu est bien peinée pour moi. Des soupirs à fendre la terre, qui s'entendent jusqu'au bout de l'allée. « Quelle injustice ! Après tout ce que tu as fait pour lui ! » Elle en perdait la voix, le rire, en témoignage d'affection, elle agitait, dans le jour déclinant, sa clochette comme un glas.

Pour un veuf, il avait la consolation rapide ! Aucune pudeur ! Une pute rouge ! Il se donnait même en spectacle devant Marcel, le nouveau gardien ! Et je te mordille la nuque et le cou ! Un comble ! Pas une parole attristée, teintée de remords pour toi, Christine ! Avec toi, la vie était plus simple ! Et franche, je le reconnais. J'étais trop pressée, ma pauvre, c'est la vie ! Parfois, on se trompe de repassage ! De ton temps, une bonne ligne de démarcation. Plus redoutable que leur mur de Berlin. *Verboten !* On ne passe pas ! Pour communiquer ? La clochette. Tout était dit !

Mais avec cette laiteuse mouchetée...

Elle me talonne du matin au soir. Une glu !

D'une pièce à l'autre. Impossible de me concentrer dans mon travail. Cuisiner en paix. Jonathan ne peut quand même pas manger des cassoulets à longueur d'année. Un vrai moulin à paroles ! Je suis sa négresse préférée. Rectification : sa souris noire de labo.

J'en ai pris mon parti. Même retranchée aux WC, elle poursuit, derrière la porte, sa lecture à haute voix. Des phrases qui se mordent la queue au fond de trous glauques, et des mots... En chinois, j'aurais mieux compris.

C'est pratique, une servante ! Ça écoute en cuisinant, en battant le matelas. Le sourire poli, le cœur las, sans oser lui faire ravaler ses questions incongrues, sa prose de merde !

Elle m'embrasse le matin, à midi, pour des riens, des lubies, comme si j'étais sa sœur jumelle dérobée à cinq ans par des bohémiens.

– Avec ta belle petite gueule et ton corps de déesse, tu dois avoir plein d'amoureux !

Elle flatte au passage ma croupe, comme une jument de prix.

– Je t'imagine cruelle avec les mâles ! Ah ! tous ces malheureux que tu abandonnes, au bord du suicide ! Pourtant, tu m'intrigues... Aucun garçon ne vient te chercher le soir. Cachottière ! Avec de tels cernes, tes nuits blanches sont bien remplies ! Ah ! Jeanne, quelle chance tu as ! Les nègres, c'est bien connu, jouissent comme ils respirent !

– Mais vous avez Monsieur !

Elle me sourit, pensive, muette, je baisse la tête, rougissante, honteuse à l'idée d'être devinée...

La vie est un drôle de mystère... Comment Jonathan peut-il supporter cette perruche qui traîne son cul plombé à longueur de journée dans la villa... Sans bouger le petit doigt.

Je vous le dis, entre elle et lui, rien n'est sérieux. Prouvez-moi le contraire ! Cette liaison ? accidentelle ! Une histoire banale de sexe, condamnée dans une semaine ou deux. Ma main au feu. On parie ?

Au dîner, pas un silence amoureux. Quant aux regards... Je suis bien placée. Une compagne bavarde, un baril de saindoux qui partage sa couche.

Jonathan n'aime pas dormir seul. Un marsupilami ferait l'affaire. Pourquoi pas Sally... ?

Ensuite ? Ce sera enfin mon tour. Bien mérité. Inutile de jurer, cracher, évoquer des croix de bois. Ce sera moi, Jonathan. Ou bien je te promets l'enfer...

Quand je change les draps, j'évite de respirer. Les paupières closes, je tire d'un coup, je jette en boule. Au panier ! Comme le linceul des pestiférés ! Se rend-elle compte de mon état... ? Je me méfie. Cette pie est capable de fulgurances. Comme ces débiles calculateurs. Son œil acéré qui décrypte les émois les plus secrets, les mieux enfouis...

Elle ne goûte jamais mes plats. « Tu es une cuisinière merveilleuse ! Ça sent bon, Jonathan ne tarit pas d'éloges sur tes talents ! Ne te vexe pas, Jeanne, j'aime préparer mes repas, depuis toute petite. » Du riz et du blé complets. Des produits bio à boire et à sucer. Qui coûtent une fortune. Un mois complet de salaire de bonniche. « Je ne suis pas exactement au régime, Jeanne. C'est beaucoup plus profond... » Avec Sally, tout devient authentique, l'âme nègre, la nourriture, la conversation. Ça doit épuiser Jonathan, toutes ces heures si profondes de l'aube au crépuscule. Heureusement, il se réfugie au bureau. Et les dîners en ville. « Depuis l'âge de dix ans, je ne mange plus de viande. Le poulet ? Quelle horreur ! Ils sont si mignons ! »

Ah ! ses grimaces à table quand Jonathan dévore un steak tartare bien pimenté. « Comment peux-tu ! » éclate-t-elle, tel le Petit Poucet surprenant l'ogre en train de dévorer ses frères.

Toute vie est sacrée. La sienne, pour commencer.

Depuis une semaine, j'ai appris à décoder ses meilleures intentions...

Un soir, ils m'ont emmenée au centre culturel français. Sur l'écran, en plein air, des Tibétains marchaient, masqués, armés d'un balai qu'ils poussaient devant eux pour ne pas écraser les microbes.

Au retour, dans la Jeep, Sally m'a avoué, bouleversée, qu'elle comprenait drôlement ces gens-là qui vivaient sur l'autre versant du monde. Interdiction d'avaler les moucherons !

Jonathan conduisait en souriant, bien moqueur. En descendant, j'ai feint de trébucher. Il m'a saisie par la taille avant de me déposer avec mille précautions.

Que c'était bon !

On s'est souri dans l'obscurité, comme avant, lorsque l'aube sacrée ne se levait que pour nous...

22

– Ah ! Jeanne, je donnerai, tiens, dix ans de ma vie pour être noire !

– Ce n'est pas assez, Madame.

– Tes racines sont authentiques, profondes, loin de la pollution de notre culture... Et l'Europe vous fait rêver... Un comble ! Un jour, je t'emmènerai, okay ? Tu constateras à quel enfer tu as échappé !

– Merde, c'est quoi ce charabia ?

– Vous n'êtes pas pris en tenaille dans un temps saucissonné. Demain n'existe pas ! Vous vivez l'instant présent, comme de grands enfants, à rire et à jouer ! Vous faites l'amour pour passer le temps ! Et vous êtes dans le vrai ! Autour de vous, le monde frémit, les arbres, les rivières, les cailloux. Avec des génies partout pour vous protéger. Tu vis au paradis, Jeanne, mais comme Ève, tu es inconsciente de ton bonheur ! C'est ta force ! pourquoi vous enquiquiner à travailler, cotiser pour un avenir hypothétique... Votre vie est une sieste heureuse à l'ombre des cocotiers, vous tendez la main pour vous désaltérer, goûter de délicieux fruits bio ! Le jardin de l'Éden !

– Ah, ça alors, patronne, vous connaissez bien l'Afrique !

– Et pourtant, je n'y vis que depuis six mois !

– Vous m'épatez, au nom de Dieu !

– J'aime ton pays, l'espace infini où l'âme s'épanouit loin des passages cloutés ! Au cœur de la capitale, on entend le vent du désert !

Sally hoche la tête, des larmes accrochées aux cils.

– J'aimerais tant te ressembler, ma chérie, noire et belle, née le premier jour du monde, vierge du pêché originel, pas déformée par l'école, sûrement analphabète, quelle chance ! ah ! Jeanne, déchiffrer le grand mystère qui nous entoure, avec une âme d'hirondelle !

Et la Blanche lâchait des soupirs atroces en contemplant les poutres du plafond comme pour y débusquer un génie capable de la transformer en négresse inculte et ignorante, avec juste un petit pois à penser et douée pour la sieste et les sauts de carpe dans les hautes herbes, avec un bras long pour saisir les fruits haut perchés et vogue la galère !

Sally me contemplait avec ses yeux de nounours violenté par les cosaques et ses mains effleuraient mes joues, mes épaules, à tire-d'aile, comme ces moineaux miteux de Bristol qui volent un flocon d'azur avant de repiquer dans un ciel gris à perpétuité...

Où voulait-elle en venir, avec nos âmes noires, pures, chanceuses ! Tu parles, Édouard ! Encore des bobards de Blancs !

De quoi se méfier, prendre les jambes à son cou. Elle exhibait des livres stupéfiants de vérité. J'ai ouvert, j'ai lu. Un magnifique charabia. Des phrases à vous coller le tournis ! Des mots interminables comme des jours sans pain...

Je n'ai pas besoin de mille pages pour délirer sur l'âme africaine. Juste quelques lignes, qui viennent du fond du cœur.

Écoute bien, ma grosse Sally : les nègres sont la dent branlante de Dieu, au nerf pourri, qu'il titille du doigt, mais qu'il ne se résout pas à arracher.

Tout le reste ? Foutaises !

Marcel, le nouveau gardien, est entré dans le salon en brandissant un long serpent rouge décapité d'un coup de machette, près du flamboyant.

Avec les pluies, ces bestioles fuient les trous gorgés d'eau pour s'infiltrer par les canalisations à l'intérieur des maisons.

Jonathan l'a gratifié d'un billet de cinq mille. Marcel était bien content.

Moi, je l'aurais invité volontiers à poursuivre sa traque dans le salon, sur le tapis, où cette créature rouge et ondulante lisait un ouvrage ésotérique. Marcel est sara, comme moi, natif de Doumba. Cette Blanche-là, m'a-t-il confié, doit avoir la maladie. Ces cheveux rouges de sorcière, cette peau trop grasse mouchetée de taches de rousseur, sans oublier son orteil droit tatoué d'une étoile bleue.

Une drôle de tribu, mon ami...

C'est un bon gardien. Les dents limées, les joues scarifiées sous une lune ronde, un masque inquiétant. La tête de l'emploi. Talonné d'Alfred, un bâtard hargneux dressé à mordre des mollets noirs. Un jour, il faut que je lui demande pourquoi...

Aujourd'hui, pour la première fois à la radio, ils ont évoqué le choléra. Oh ! bien discrètement. Surtout ne pas affoler les populations ! Avec cette guerre civile larvée qui prend du poids et les incursions des rebelles du Nord chaque nuit dans les quartiers périphériques de la capitale.

Attention à l'eau. Avec ces trombes qui noient le pays depuis deux semaines, éventrent les cases comme les cabanes des *Trois petits cochons*, drainent à coups d'ongles charognes et détritus jusque dans les puits, dans le fleuve, à présent méconnaissable qui bouillonne et arrache en remous furieux pêcheurs, enfants aventureux, chiens assoiffés.

Buvez de l'eau filtrée, bouillie, minérale.

Attention au vibrion !

Le choléra est un danger anodin. Un tueur sans marteau. Méfiez-vous de ses mauvaises intentions. Évitez de serrer les mains, les loquets des portes des WC, les aliments mangés dans un plat commun.

Éloignez-vous des puits ! Les points d'eau sont les diffuseurs de l'épidémie. Un cas isolé a été signalé dans le sud, à Moundou.

N'Djamena doit se prémunir. Appliquez minutieusement les consignes et vous vivrez vieux. Enterrez vos selles.

Sally est catégorique. Dans notre quartier résidentiel, le vibrion cholérique, impressionné, n'osera jamais s'aventurer. L'herbe est coupée au cordeau. Maisons et jardins sont astiqués comme de la vaisselle en or.

Le choléra, c'est pour les fauchés, les crasseux qui sèment leurs crottes en toute fantaisie, dans les ruelles des quartiers de Dembe et d'Amtoukouagne. Et à Sabagali on chie à tout va, entre les cases, au bord du Chari...

On s'habitue à tout. Au déluge. À la folie de maman. À la mort de papa. Au silence de Nina. À la misère et même au choléra.

Mais jamais je n'accepterai de partager Jonathan avec cette femme rouge sans cervelle...

Ce matin, Jonathan a avalé son café avant de disparaître au bureau. La bague encore au doigt. Il se montre gentil, attentionné, étrangement distant... Comment dire. À cause d'elle. Comme si Sally était un nuage devant le soleil.

Elle a émergé du lit vers midi, bien fainéante, en s'étirant en chatte comblée, ses reins en marmelade qu'elle caressait avec orgueil comme un ancien combattant ses médailles.

Je l'ai fuie comme le vibrion.

Nina me manque. Elle au moins savait remettre les pendules à l'heure. Ma tête à l'endroit. La vie, c'est blanc ou noir, bon ou mauvais. Grâce à elle, je retrouvais mes repères, mon nord magnétique... Même si je rugissais lorsqu'elle osait critiquer ma passion. Sans elle, je doute, blanc et noir, est-ce que ça se marie vraiment... ?

Parfois, je tremble et transpire à l'idée que mon amour pour Jonathan est une étoile hors de portée, déjà morte, dont la pâle lumière me drape comme un suaire...

Jeanne, tu es une piètre sorcière ! Tes prières, tes messes noires se perdent dans le vent du soir, dans un trou noir où échouent les supplications sans espoir...

La nuit, j'affronte le couvre-feu, les tireurs embusqués sur le chemin de la case, les miliciens ivres aux barrages, plutôt que d'entendre les râles et leur maudit sommier qui couine.

Elle ne l'aime pas. Je veux dire vraiment.

L'amour d'une femme ne trompe pas. Quand il se réveille, elle dort encore.

Moi, je sais ! Je passerais mes aubes, attentive au-dessus de lui... Être la première qu'il découvrira en ouvrant les paupières.

Mon ventre demeure plat. Désespérément. Après trois semaines... Une nuit d'amour comme la nôtre ne peut accoucher du néant. Je l'ausculte, le flatte de la main, enfle donc !

Rien, vous dis-je.

Au village de Léré, les anciens affirment que la semence de l'homme est de la poussière d'étoile.

Au cœur des nuits, je rêve à l'enfant de Jonathan. Délicieusement café au lait. Un garçon qui s'appellerait Samba...

Au début, j'ai cru, follement espéré. La terre tournait soudain trop vite, j'avais le vertige, je tombais dans la cuisine, de mon vélo, la main sur la bouche pour en taire les vomissements.

Et puis, j'ai compris que c'était elle, la cause. À se coller contre lui. Mains, bouche, sexe. Avec cette fringale de mante religieuse. Et aussi un peu à cause de lui, des cernes bleus qui révélent la terrible faiblesse de l'homme.

Et cette pluie qui ne cesse pas... Noie la ville, les bas quartiers. Le Chari déborde de son lit. S'étend en mare profonde, jusqu'au centre de la cité. Maman a les pieds dans l'eau, face à la prison.

Ce bruit régulier dans le flamboyant, les citronniers, donne envie de siester cent ans. Comme la *Belle au bois dormant*.

À cette différence près : ce n'est pas le prince charmant qui la réveillera.

Mais le choléra.

23

Jonathan est parti à l'aube. Avant mon arrivée. Une voiture de l'ambassade est venue le chercher. Pour quelle destination. Combien de temps ?

Sally hausse les épaules, agacée. Filerait-elle un mauvais coton ? Attention, danger ! Dixit Madame feu. Et les autres affreux repassés !

Je commence à avoir un CV qui promet !

J'oublie de lui préparer son thé. Je suis à cran ! Je ne supporte pas sa mauvaise humeur. Pourquoi refuse-t-elle de me donner ces renseignements ?... Je l'évite toute la matinée. De son côté, elle m'ignore superbement. Tout à son chagrin.

Ma fuite la veille au soir ? Pfft ! Pas un mot. Ni un silence bien gratiné comme savait les concocter Madame feu.

Assise dans le fauteuil, Sally caresse SA BAGUE, enfin, celle que j'ai offerte à Jonathan. Folle d'inquiétude, en guignant le téléphone. Parti en mission, Jonathan, dans les grottes du Tibesti, certainement, le fief de la rébellion. Sous chaque pierre niche un scorpion et, derrière, un rebelle qui vise déjà le cœur de son amant.

J'aurais dû venir plus tôt. Jonathan est si maladroit en préparant le café. Ce n'est pas l'autre cul de plomb qui se lèverait aux aurores pour lui remplir le ventre.

Mon départ au milieu du dîner a dû le contrarier.

– C'est incroyable, s'exclamait Sally, hier soir, dès que j'évoque ta bague, tu deviens hérisson !

– J'y tiens, simplement.

– Un cadeau de ta femme ?

– C'est mon secret.

Bon point, mon amour. Bas les pattes, non mais !

Au fromage, Sally a réussi à lui arracher la bague.

– Oh, juste une seconde, mon chéri !

Elle s'est extasiée :

– L'émeraude est superbe, darling !

Jonathan l'observait en buvant un verre de bordeaux.

Je me suis retranchée dans la cuisine, furieuse !

Elle ne va tout de même pas oser ! Cinq minutes plus tard, quand je suis revenue avec l'ananas, la bague luisait au doigt de l'Anglaise. Jonathan arborait un sourire défait. Elle a contourné la table pour le remercier du cadeau, en le couvrant de baisers.

J'ai arraché mon tablier, j'ai sauté sur mon vélo. Jonathan a crié mon nom, du perron, dans la nuit. Je suis tombée dans le fossé, les yeux brouillés, les jambes et les bras égratignés, le cœur en charpie...

Vers onze heures, le téléphone a sonné. Le bond de Sally. Derrière la porte de la cuisine, j'écoutais, le cœur battant. Il cognait si fort, je n'ai pas entendu grand-chose. Elle riait, d'une voix de petite fille devant un arbre de Noël. À la fin, elle a dit distinctement : « Chez toi ? J'arrive mon chéri ! »

Elle est ressortie de la chambre, la face peinte, telles nos statues de fécondité, dans l'ombre d'un chapeau de paille au ruban blanc noué sous le menton. Avec un faux air de cette pimbêche de Scarlett.

Où allait-elle donc ?

Le ciel était une éponge grise. Elle s'est hissée avec un port de reine sur son vélomoteur, sans un regard, elle a disparu vers son mystérieux rendez-vous.

L'homme qui venait de la siffler au téléphone ne pouvait pas être Jonathan.

La tournure des événements m'excitait drôlement. J'ai guetté un coup de fil de Jonathan. Le téléphone demeurait muet. Il pleuvait à torrents.

Si Dieu était moins distrait, une bonne pneumonie à cette gitane d'opérette, pour la punir de tromper un homme comme Jonathan !

Dans l'après-midi, Ludovic a surgi au salon, emprunté dans son corps trop long, qui avait poussé de travers comme ces arbres sous le vent, avec de grandes mains inutiles qu'il tentait de dissimuler dans ses poches.

Soucieux, accablé. À cause de ses Kotokos du fleuve, pas si faciles à mesurer. Qui lui causaient bien des misères. À lui réclamer sans cesse de l'argent, des cadeaux, des ingrats, Jeanne ! Qui lui arrachaient des cheveux à pleines poignées, il en était presque *coco-taillé*. Il caressait du plat de la main quelques touffes orphelines qui s'interpellaient sur son crâne luisant.

Ludovic soupirait, affalé dans un fauteuil, avec un bruit de vessie percée en fixant les glaçons de son scotch et lui, bien noyé dedans.

– Jonathan est parti en mission, ai-je dit.

Il a acquiescé, tragique.

– Au Tibesti ? ai-je relancé.

– Je ne sais pas, a-t-il lâché.

– Tu mens, Ludovic !

Le regard implorant, il m'a signifié de changer de sujet.

– Jonathan joue sa carrière en ce moment. Et peut-être sa vie... a-t-il avoué en grignotant un glaçon.

– Sally est très malheureuse, ai-je amorcé.

Il m'a décoché un sourire bien vilain. La gaieté pas du tout tolérée sur cette face chevaline s'est éteinte comme une lampe qui claque.

Nina l'aurait catalogué d'un trait cinglant : un coup de queue en trop. Un verdict sans appel.

Nina était très dure. L'université du *Tagada*. Que voulez-vous !

Il devait boire une lampée avant d'oser affronter mon regard. Le genre fossilisé. Encore têtard. Sorti trop tôt de l'œuf. Un type de trente-cinq ans qui se demandait encore pourquoi diable, il était sur cette terre... Il était condamné à passer de vie à trépas sans avoir osé, vécu, affronté, aimé. Et ses yeux crépitaient sur mes seins comme des lumignons qui clignotaient, mal branchés. Sûrement puceau.

On a partagé une omelette aux fines herbes, sur un coin de table de la cuisine. Et une bouteille de bordeaux. Comme un couple en pantoufles.

Derrière l'épaisse monture en écaille de ses lunettes, ses yeux flottaient, clairs, comme des ventres de poissons. Il s'est enhardi à me prendre la main en déclarant :

– Je ne sais rien sur toi, Jeanne...

– J'ai égorgé le chef de la police de Léré avant de fendre le crâne de mon patron, Fouad, à coups de fer à repasser. On m'a libérée deux jours plus tard. Sans perdre une seconde, j'ai empoisonné Madame feu. Voilà, tu sais tout.

Ludovic a henni en exhibant ses dents caramélisées.

– Je ne savais pas que tu avais tant d'humour ! C'est rare...

– Pour une négresse ?

– Je veux dire, les gens de par ici...

– C'est ça. Bois, mon kiki.

Le tonnerre cognait comme un forgeron sourd en lançant à la volée des éclairs dans un ciel d'encre. Panne de courant. J'ai allumé une bougie. Ne manquait que l'encens, le crucifix, pour la confession.

Le Blanc, c'est bien connu, emprunte les égouts pour atteindre son but.

À l'entendre, Ludovic n'avait qu'une passion, ses Kotokos.

Il en devenait viril, la poitrine bombée, malgré sa voix de châtré, trop haut perchée.

Pour la première fois, quelle aubaine, je tenais enfin un de ces spécialistes toubabs venus spécialement de France pour nous étudier.

Il travaillait dur dans un village du fleuve depuis quatre ans. Il épluchait leurs mœurs, la forme de leur crâne, rampant autour d'eux comme un ver sur un œuf. Ses travaux étaient fort avancés. Un manuscrit de cinq cents pages que l'Europe attendait avec impatience.

Mon pauvre Ludovic... Tes Kotokos se foutent de toi ! Ils n'ont pas attendu ton arrivée pour savoir comment vivre et pourquoi. Tu auras beau faire ami-ami, les combler de cadeaux, jamais, m'entends-tu, tu ne perceras leurs secrets !

Il en soupirait, Ludovic, des épreuves qu'il venait d'endurer.

– Je suis le premier Blanc initié, Jeanne.

Il était attendrissant dans ce rôle, grignotant une mangue mûre comme un môme dégoûtant, qui a appris à manger avec les singes du zoo, avec ce jus qui dégoulinait sur son menton. Il m'a fait jurer de garder le secret.

– D'abord, j'ai dû rester accroupi une heure, tout nu, au soleil.

Il en gardait un souvenir douloureux.

– Mes muscles m'élançaient tant que j'ai demandé la permission de m'asseoir.

Ensuite ? À cause du soleil trop accablant, Ludovic avait obtenu un chapeau.

– J'ai rouspété ! D'accord pour l'initiation, mais de là à attraper un coup de bambou !

Cette initiation s'est corsée le jour suivant.

– Chez les Kotokos, la mère doit laver le visage de son « enfant » avec sa salive. Une façon de marquer une nouvelle naissance pour le futur initié.

– J'ai repoussé la mama en réclamant un canari d'eau !

– Mais les autres initiés du groupe ?

– Le soleil, la nudité, la bave. C'est la loi. Ils sont nègres, je veux dire, c'est inscrit dans les traditions... Ensuite, on m'a signifié de me joindre à mes compagnons pour faire mes besoins... Tu me vois en train de...

– Très bien.

– Après des palabres interminables, j'ai réussi à obtenir un rouleau de papier hygiénique et un buisson à l'écart des autres. Initiation, d'accord, mais pas de familiarités !

– Tu étais tout nu ?

– Penses-tu ! Les autres, oui, c'est la coutume, mais moi, j'ai pu porter un short pour cacher mon...

– Et ce cirque a duré trente-trois jours.

– Un calvaire !

– Donc, tu es enfin initié.

– À moitié.

– Tu as percé les secrets des Kotokos !

– Oui. Enfin presque...

N'importe quel voyou de Sabangali en sait plus que toi ; malgré ta trousse sophistiquée qui te sert à mesurer l'âme nègre.

D'un mot, je pourrais le décapiter, ce chercheur de quat'sous, ce téteur attardé qui se rengorge comme Tartarin sur la piste du lion.

Je me tais. Je fixe ses lèvres aussi rouges que des groseilles avec une fringale de pie.

C'est très laid, un homme qui veut vous sauter. Je veux savoir qui est Jonathan. Je veux dire, vraiment. Sans son sourire professionnel, je veux peler mon amour jusqu'à l'essence de son être. Même si les révélations me poussent au pied du grand calceidrat.

Un homme-éléphant n'est pas net, par définition. Ce Ludovic a besoin d'une maman. Un verre en trop, il fond dans ma main.

– Jonathan, me confie-t-il, est la cheville essentielle des pourparlers entre la France et la rébellion. Il travaille sur le terrain, dans les coins les plus paumés du Tchad, en relation directe avec la cellule de crise de l'Élysée. Sur les photos officielles, poursuit Ludovic, il est présent, derrière les présidents et les ministres. Ce soir, par exemple, il doit opérer dans les grottes du Tibesti... As-tu entendu parler des deux écervelés capturés au lac Tchad ? C'est grâce à lui qu'ils ont pu être libérés. Échappant de justesse à une exécution exemplaire. Je ne sais pas pourquoi je te raconte tout ça...

Tu crèves d'envie de me trousser, séance tenante, là sur la table au milieu des verres et de l'omelette aux fines herbes, parce que ta véritable initiation passe par ce chemin-là qui t'effraie, alors, tu plastronnes, tu joues les importants, au courant des secrets d'État, Jonathan n'est qu'un tremplin pratique pour m'arracher le boubou, mais tu n'oses pas, tes cinq cents pages de notes ne sont que du pipi de chat !

Que penser des écrits d'un homme à la caresse clinique, qui étudie les Kotokos comme un embaumeur, alors que la vraie vie joue des claquettes ailleurs...

– La mission actuelle de Jonathan est top secret... N'insiste plus, Jeanne, je risque de gros ennuis !

Tiens, petit bonhomme, mes doigts en récompense, reluque mes seins comme un dessert hors de portée, interdiction d'aller plus bas. Un bien poli, cet ethnologue, on sort de ses mains intacte, à peine effleurée, pas même embrassée.

Moi, j'étais ravie de découvrir Jonathan en espion, sans tous les gadgets de James Bond.

Le décès de sa femme l'avait rendu très riche, m'apprit encore Ludovic. Là, j'ai été drôlement surprise. Ludovic avait réajusté ses lunettes rondes de notaire pour réciter les maisons, le château, les hectares de vignoble, sans compter les comptes en banque bien garnis qu'il avait hérités de Christine, une des dix familles les plus friquées de France.

J'ai sifflé son verre de bourbon. À cran.

Et puis un claquement de portière m'a tiré de mes pensées, un bruit de sandales dans les flaques du jardin, un cri, ouf ! Sally s'immobilise sur le seuil du salon, rit en ébouriffant les mèches rescapées de Ludovic, m'embrasse avec affection.

– Ça va, vous deux ? Elle cesse brusquement de rire, fronce les sourcils en se penchant vers moi. « Tu te sens bien, Jeanne ?

Son annulaire gauche ne porte plus ma bague...

24

L'amour est la seule religion qui donne envie de vivre, d'espérer. Sans elle, retourne sous terre, chez tes cousins, les cloportes, ta place est parmi eux, dans les égouts.

Je chauffe l'eau pour le riz complet de Sally. Pour être franche, je suis ravie. C'est inespéré. Cette odeur de mâle sur elle, qu'elle porte, même après la douche... Je deviendrais ton ombre jusqu'à son retour, je placerai mes pas dans les tiens, je mangerai bio, le teint laiteux, avec cette maladie de peau qui intrigue les Africains, un jour prochain, je te piégerai, empalée sur un dard nègre en train de gémir et secouer ta crinière...

La reine des abeilles ressort de la salle de bains, ébouriffée par le vol nuptial, avant de retomber sur le canapé du salon, dans le rôle d'amoureuse transie qui l'habille comme un faux nez.

– Le téléphone a sonné ?

– Dix fois.

– Jonathan ?

– Je ne sais pas.

– Mais enfin, Jeanne, tu aurais pu décrocher ! C'était sans doute lui !

Pour répondre quoi... « Madame se fait sauter ? »

Ça, je l'ai gardé pour moi.

Elle s'est versé un verre de vin en chantonnant la complainte des nains perdus dans la forêt. Nina bis... Cette joie post-coïtum de ma sœur, au début, je veux dire lorsqu'elle courait dans les hautes herbes, rien que pour le plaisir. Son peignoir dévoile son sexe fauve perlé d'eau.

– Ludovic t'a fait l'amour ? rit-elle en s'étirant en chatte comblée.

– Quelle idée !

– Ne te fâche pas. Il est charmant !

Je grommelle en disposant son couvert.

– Parle-moi de ton amoureux, Jeanne !

– Sujet tabou.

– Tu es si triste... Il ne te couille pas ?

– C'est un homme bon.

– Il t'aime ? Vilaine cachottière !

Elle vient vers moi, effleure l'ovale de mon visage, la courbe de mes hanches, avant de caresser la pointe de mes seins. Devant mon inertie, elle s'enhardit, relève mon boubou.

– Comme c'est dommage, Jeanne...

J'ai horreur qu'on me touche, je serre les poings. Elle y aura droit !

Je suis la bonniche. Pas la pute de service !

– Beaucoup de garçons et de femmes seraient honorés de t'avoir dans leur lit !

– Gardez-les au chaud pour vous !

Elle frémit. Un serpent qui se dresse sur la queue, prêt à foudroyer. Sa main tremble en écrasant une cigarette. Elle surprend mon regard sur son annulaire gauche. Le cercle blanc autour de la peau.

– C'est bête, hein, je l'ai perdue aux Grands Magasins. Elle glissait tout le temps ! Finalement, elle était mieux au doigt de Jonathan...

À cet instant précis, le téléphone a sonné. Bien lugubre.

J'ai sursauté en me forçant à rester sur place.

Sally a décroché avec un curieux sourire à mon attention.

– C'est toi, darling, je suis morte d'angoisse. J'attends ton coup de fil depuis ce matin... Oui, la ligne marche très mal... Ta voix est magique, tu sais ! Bonne nuit, mon amour, oui, je vais pouvoir enfin dormir... Elle a minaudé quelques secondes avant de lui avouer : Tu NOUS manques beaucoup, Jonathan.

Une drôle de phrase, vraiment...

25

La guerre civile est sur le point d'éclater. Le duel entre le président Malloum et son premier ministre Hissène Habré embrase les esprits. L'homme du Sud, le catholique, contre le nordiste musulman. Le speaker de radio N'Djamena poursuit : la capitale est devenue une poudrière. Le pays tout entier vit un doigt sur la gâchette. Des événements alarmants sont signalés dans l'est du pays : à Abéché, une grève générale paralyse la ville. Les forces d'Hissène Habré, les FAN, utilisent la menace pour contraindre les commerçants de fermer. La grève crépite comme une traînée de poudre dans le Nord, à Faya-Largeau, et dans d'autres villes du centre, également touchées.

Le couvre-feu vient d'être instauré à partir de vingt-deux heures... Par ailleurs, poursuit le journaliste, on dénombre quelques cas de choléra dans la capitale. Des commerçants haoussas en transit. On craint le pire dans le sud du pays, transformé en marécage par les récentes pluies diluviennes.

Le téléphone m'arrache à mes pensées moroses. Le cœur battant, j'ai écouté en disant : « Bien,

Madame » avant de raccrocher comme on écrase une vipère à coups de bâton.

Madame déjeune en ville. Cette voix sèche qui claque. Elle en connaît un rayon pour mener son monde à la baguette...

J'ai passé l'après-midi sur le canapé, à écouter la pluie. La photo de Nina entre les doigts ; Nina maussade sous la neige, au pied de la tour Eiffel.

Un mot bref...

Un soleil tuberculeux, le froid et une nourriture fade, sans la caresse du piment.

Je n'ose pas révéler la vérité à maman. Ton mari est mort. Ces mots si simples, si difficiles à confier... Je me suis coupé les ongles en écoutant la radio.

Encore et toujours les rebelles du Frolinat. Le couvre-feu est décrété à vingt heures.

Mauvais signe, ça.

Pas la moindre nouvelle de Jonathan. Je veux dire des otages des rebelles. Qui séquestrent les Blancs, les diplomates qui viennent les libérer. Sans discussion.

Qu'ils emprisonnent cette grosse vache anglaise !

Ces temps-ci, je pense beaucoup à son avenir. Tout le temps. La citronnelle est une piètre vengeance, finalement. Un acte bâclé, sans imagination. Tu bois, tu sues, tu meurs. Un traitement sans douleur. Trop bref, à la réflexion.

Quand Sally est ressortie de la salle de bains, j'étais en train d'éplucher les légumes du soir. Ne me demandez pas quoi. Le premier truc sous la main. Pour faire taire le tremblement de mes mains.

– Jeanne ! m'a-t-elle sonné de la voix. Pire que la clochette ! Inutile de cuisiner ce soir.

J'ai dénoué mon tablier que j'ai accroché à la patère avant de lui souhaiter une nuit atroce. Enfin, vous me comprenez.

Au bout du chemin, une voiture m'a croisée. Fouad au volant. L'auto a franchi le portail. Le rire de Sally a retenti sur le perron...

– Ma Jeannette fait la tête ? a-t-elle souri en m'enlaçant.

– Bas les pattes ! D'abord, je m'appelle Jeanne, ensuite, je ne vous appartiens pas. Enfin, je vous emmerde !

– Quel fichu caractère !

– C'est le mien. C'est comme ça !

– Monsieur sera ravi d'apprendre...

– Vous croyez que je n'ai pas remarqué votre manège ? Dès que Monsieur tourne le dos, vous courez vous faire empapaouter !

– Tu m'espionnes ? C'est nouveau !

– Suffit de vous renifler. Vous puez le saucisson libanais !

Une claque sonore me coupe le sifflet. Les larmes aux yeux, j'éclate de rire :

– Et votre bague, sainte nitouche, à qui l'avez-vous offerte ? Honte à vous ! Je connais le pied nickelé qui...

– Son nom ? me coupe-t-elle.

– Je le dirai à Jonathan !

– Jonathan, hein, sourit-elle avec perfidie. Ça t'écorcherait la gueule de l'appeler Monsieur, sale...

– Négresse, complétai-je, un croc sous la langue.

– Je t'ai traitée en amie !

– Vous avez même voulu me mettre dans votre lit ! D'ailleurs, vous forniquez avec tout ce qui bouge ! Ça va de l'amibe au Libanais !

– Qu'est-ce que tu racontes ?

– Vous les choisissez moches, hein ?

– Pauvre fille ! Tu accordes trop d'importance à la bagatelle ! Baiser est aussi naturel que de se brosser les dents !

– Mme Robinson Crusoé invite des étalons à se brosser les dents dans son lit !

– Tais-toi ! hurle-t-elle en levant la main sur moi.

– Osez encore ! je jure qu'on ne vous reconnaîtra pas ! Vous serez comme ces grosses bestioles de la préhistoire dont on confond l'omoplate avec le tibia !

– Calme-toi !

– Tromper Jonathan sous son propre toit ! Vendez plutôt votre cul au *Tagada* ! Au moins, c'est net et propre !

– Tu es propre et nette, toi ? persifle-t-elle en allumant une cigarette. J'en ai appris de belles, va ! La femme de Jonathan, par exemple...

Je serre les poings sur ma chaise vacillante.

– Trente-deux ans, entre nous, c'est jeune pour mourir, non ?

– Il n'y a pas d'âge !

– C'est vrai. Tu préparais ses repas, ses boissons. Quoi, j'ai dit quelque chose de mal ? Tu es si pâle tout à coup ! Viens, ma fille, que dirais-tu d'une bonne citronnelle ?

Le diable en personne, vous dis-je ! Au pubis roux étalé sans vergogne, les genoux au menton. Pensive, à l'image de leur temps saxon. Soleil et crachin.

– J'aime l'amour, Jeanne. Bientôt, je fêterai mes trente-quatre ans. Oui, je t'ai menti. J'aurai beau multiplier les aventures et les coups de reins, le temps perdu s'éloigne à la vitesse du son. Jonathan est au courant...

« Depuis le premier jour. Oublions toutes ces méchancetés, tu veux bien ?

« Je sais pourquoi tu m'en veux.

« Tu ne vois pas... Je dois parler pour toi... Ça me gêne, c'est délicat... Tu aimes Jonathan.

« À la folie. Je l'ai su au premier regard, au dîner tu te souviens, du temps de Christine... J'ai tout compris... Ta façon de lui présenter les bouchées à la reine, de tourner autour de lui, rougissante, c'est très touchant... Et ton sourire secret lorsque tu repasses ses pantalons. Une fois, je t'ai même surprise le visage enfoui dans une chemise qu'il venait d'ôter, après sa balade à cheval. C'est le grand amour, le seul qui mérite de vivre, la comète de Haley qui traverse notre ciel tous les cent ans. S'il te plaît, Jeanne, encore une minute, ensuite, cours te noyer dans le Chari si ça te chante ! Je veux te prouver mon amitié. Je t'aime beaucoup, tu sais... Un plan imparable, qui te comblera. Ne me dis pas merci ! Quand Jonathan rentrera de mission, à la sieste, je tirerai les rideaux, tu prendras ma place dans l'obscurité. Je suis très sérieuse ! Je ne me moque pas !

« Tant que tu n'auras pas goûté à cette confiture, tu vivras avec tes furoncles ! Enfin, tu cesseras de me mépriser.

« Tu maudiras ses ronflements, sa transpiration, son poids sur ton ventre gluant. Tu détesteras ! Je serai toujours là, patiente, tu me reviendras, comme le renard de ton livre, oui, *le Petit Prince*. Je t'apprivoiserai, tu aimeras. On se prêtera nos amants ! Quelle fête ! Qu'en dis-tu ?

Ma main s'est détendue, le lourd cendrier en cristal l'a atteint au coin de la bouche. Elle n'a pas crié. Rien. Juste sa face de lune stupéfaite. Un filet de sang s'est égoutté sur sa robe de chambre.

Elle s'est dirigée d'une démarche rigide vers le téléphone lorsque des hurlements ont éclaté audehors. Marcel criait tandis qu'Alfred aboyait avec furie. Un homme tentait d'ouvrir le portail, indifférent au casse-tête que brandissait le gardien, à dix mètres de là. L'inconnu était maigre, le geste mou, les yeux exorbités, il s'efforçait de forcer la serrure sans succès. Brusquement, il s'est effondré contre le grillage en poussant des gémissements. Moi, je l'aurais volontiers invité à l'intérieur du salon, avec sa bouche vomissant une purée blanchâtre.

– Une surprise Darling ! Devine qui vient dîner ce soir, avec toi ? À mettre d'urgence dans ton lit, à cause de ses grelottements ! Toi qui collectionnes les expériences insolites !

Le cholérique gigotait dans la poussière. Des militaires à ses trousses ont surgi au galop en nous signifiant, de leurs mitraillettes, de rentrer immédiatement.

Un camion de la Croix-Rouge a freiné quelques minutes plus tard devant le portail. Deux infirmiers noirs, en combinaison de cosmonautes l'ont saisi avec précaution avant de le glisser à l'arrière, au milieu de cadavres qui ont disparu en hoquetant au gré des cahots...

26

Si je connaissais ta cachette, je serais partie aussitôt à ta rencontre, jusqu'au Moussoro, à vélo, et même plus haut, à la frontière libyenne, dans les grottes du Tibesti.

Le mieux est de patienter ici, à la villa, un cendrier à portée, au cas où Sally jouerait les diablesses, avec ses insinuations.

Elle grogne de plaisir dans sa chambre. Une veuve noire insatiable de bengala. À croire que la connaissance emprunte nécessairement ce chemin-là...

De qui détient-elle cette histoire de citronnelle... Jonathan ? Impossible ! Nous sommes trop liés dans cette affaire. Il sait se taire. Je tirerai ce mystère au clair. La fuite sent le saucisson libanais... Je ne sais plus où j'en suis.

Elle émerge, bouffie de sommeil, en chemise de nuit à volants. Un sparadrap en croix au coin des lèvres qui lui modèlent une grimace héroïque d'ancien combattant. Tout à fait dans l'air du temps. Pas un mot de reproche, malgré cette belle signature.

Après une brève inspection dans le réfrigérateur, elle a chuinté par-dessus l'épaule :

– *Interdichion* de toucher à mon eau minérale !

Je n'ai pas daigné répondre. Prendriez-vous la peine ? Non, n'est-ce pas ?

En tout cas, elle vient de me donner une fameuse idée que j'ai placée au chaud. Sous mon chapeau.

Toute la nuit, le canon a tonné du côté de Farcha et du pont de Chagoua. Les rebelles du Frolinat encerclent la capitale.

À quand l'assaut ?

Ce matin, en passant devant le lycée Félix Éboué, des étudiants musulmans et catholiques se battaient dans la cour. Pour les séparer, un gendarme a tiré un coup de feu en l'air, donnant aussitôt le signal de la curée. Pistolets et couteaux, machettes et poignards ont jailli des boubous et des cartables.

J'ai pédalé de toutes mes forces tandis que la mitraille s'intensifiait dans les rues. Je suis arrivée en nage à la villa.

L'oreille collée à son transistor, Marcel, livide, a marmonné, c'est la fin du monde, Jeanne. L'état d'urgence vient d'être proclamé dans l'ensemble du pays. Interdiction de sortir. Couvre-feu permanent.

On a passé la matinée à écouter les nouvelles. Avant midi, Faya et Abéché sont tombées aux mains des troupes FAN d'Hissène Habré. La garnison de Moussoro s'est rendue une heure plus tard sans se défendre.

La capitale est l'objectif des rebelles.

À quatorze heures GMT, les FAN d'Habré prennent d'assaut la maison de la radio. Le speaker hurle, des coups de feu claquent. Après un silence angoissant, une voix rauque clame la victoire des rebelles. Sur fond de marche militaire, on apprend que les Télécom sont aux mains du Frolinat.

D'heure en heure, nous assistons, impuissants, aux communiqués victorieux des troupes d'Habré. Les FAN nettoient les quartiers catholiques à l'arme blanche.

Pendant ce temps, le président Malloum s'est réfugié à la base française, près de l'aéroport. Son bras droit, le colonel Kamougué, pilonne la résidence d'Habré.

Après quelques tentatives, je parviens à joindre l'épicier qui possède l'unique téléphone de Sabangali.

Les troupes gouvernementales protègent la population catholique. « Ta mère est en sécurité », me rassure-t-il.

Sally se peint les ongles, dans sa bulle, à moitié nue. Que les nègres se dévorent entre eux, semble-t-elle signifier en écoutant la voix hystérique du speaker. Inutile de l'interroger sur Jonathan. J'aurais droit à sa grimace de chameau, son sourire de caïman.

Je touille mon café froid, comme une pythie perplexe, incapable de lire l'avenir dans le marc.

En fin d'après-midi, un cordon de la gendarmerie s'est déployé en protection autour du quartier résidentiel des Blancs.

À la fenêtre, les seins à l'air, Sally reluque les virils soldats, comme une ménagère devant un parterre de concombres appétissants.

Marcel et moi sommes condamnés à rester à la villa.

À intervalles réguliers, Sally lui crie : « Baisse ta fichue radio ! » Sous le flamboyant, le gardien écoute les dernières nouvelles. Du sanglant. Les quartiers catholiques se vident comme des abcès. L'exode sudiste, conseillée par le colonel Kamougué, a commencé...

Les jours suivants, Sally ne harcèle plus Marcel avec sa radio. Elle est trop occupée avec un jeune lieutenant qui la protège spécialement, dans sa chambre. L'exode catholique vers le sud se poursuit. Sur les routes inondées, les FAN harcèlent les fuyards, mitraillent la foule grouillante qui s'éparpille en hurlant dans les marécages... Marcel est très inquiet pour les siens. Sa femme, ses cinq enfants. Tous ses parents... Dans la capitale, les FAN, divisés en groupes de dix hommes, assaillent les forces armées du Président. Des as de la guérilla urbaine. Entraînés au Soudan. Ils piqûrent les positions retranchées ennemies, obligent l'adversaire à gaspiller ses munitions.

Mille deux cents hommes du président Malloum ont rallié les troupes rebelles. Le Premier ministre est en passe de gagner le bras de fer avec le Président.

Pendant ce temps, les troupes françaises stationnées à l'aéroport et au camp de Kouffra observent une neutralité bienveillante.

Après une semaine de combats, cet affrontement régional et confessionnel, clame la radio, agrandit le fossé entre le Nord et le Sud.

Les Français boivent de la bière, visionnent des cassettes au foyer du soldat, comptent les points, jouent les conciliateurs dans une ville ravagée, en proie à la barbarie, observent avec intérêt les dérives d'un conflit dont ils ont su, avec art, attiser les braises...

Marcel est assis sous le flamboyant, les yeux dans le vague, indifférent à son chien Alfred qui lui lèche le visage.

27

Nina a débarqué à la villa, avant le crépuscule. On s'est embrassées en pleurant de joie. Je ne pensais pas que cette pute me manquait tant !

– Maman va bien, m'a-t-elle rassurée.

Elle avait pu forcer les barrages dans la Jeep d'un colonel rebelle. Elle resplendissait, cette petite bombe, riait aux éclats comme au temps de notre complicité au village.

Émile ? Il était resté à Paris, dans ce pays de savane, pas bandant du tout.

– Enfin, le peu que j'en ai vu ! Avec des arbres en prison, une terre noyée de goudron et devine quoi ? Pour pisser, tu dois payer cent francs ! Elle riait aux éclats et Sally abasourdie s'est retirée derrière le rideau, sous le regard soudain glacé de Nina.

– Et ces Français, au nom de Dieu ! Ici, c'est la guerre, l'horreur, et quand on ne se tue pas, on crève de faim, mais chez eux ? C'est pire ! L'air que tu respires pue tant qu'il ferait avorter une guenon ! Ah ! Jeanne chérie, imagine des millions de morts qui désertent les cimetières pour envahir les rues ! Pas une parole humaine, un sourire chaleureux, comment le pourraient-ils, les cadavres ne sourient jamais, dès qu'on pose le pied à l'aéroport Charles-de-Gaulle, les douaniers te traitent en vagabonds, passeport, devises, certificat de travail, permis de respirer ! Bon. Tu te dis, le comité d'accueil, pas terrible ! Voyons la suite. En banlieue, une HLM triste à te flinguer, dans ce but, on construit des balcons faciles à enjamber. C'est tout juste si on ne te remet pas le mode d'emploi, avec les clefs !

« Au lit, Émile ? Un brave couillon ! Qui ne s'étonne de rien, comme s'il avait reçu un piano sur la tête, pour l'éternité. Un zombie. Ah ! Jeanne, le troufion le plus débile a cent fois plus d'imagination que lui ! Il m'aimait, la nuit, comme on remplit une feuille d'impôts. Impossible de lui suggérer quelque fantaisie. Moi, dans ce pays, j'avais des larmes à revendre, je les ai toutes versées dans ce minuscule appartement, à l'attendre... Le soir, il revenait épuisé, à cause de toutes ces crottes à balayer. Émile, le suppliais-je, rentrons chez nous ! Au moins, il fait chaud ! Et la terre est pleine d'os africains ! Je m'ennuie de maman, de Jeanne, mais Émile secouait la tête, bien désolé, en me brandissant son contrat de merde sous le nez. Tu as raison, je lui ai dit. Moi, je me tire ! Reprends ta bague en argent, les promesses de bébés, je m'en retourne à la maison !

Elle en tremblait encore...

– Au fait, et ton homme-éléphant, ça avance ton affaire ?

J'ai grimacé en désignant l'Anglaise en train de nous espionner derrière le rideau.

– Il ne perd pas une seconde, ton veuf ! C'est la nouvelle ?

J'ai acquiescé, la gorge nouée. Quand je lui ai raconté mon calvaire, elle a écrasé son mégot du bout de sa chaussure.

– Cette toubab est la pire espèce... a-t-elle grommelé.

Nina se méfiait d'instinct, des illuminées du cul qui leur font un tort considérable avec cette concurrence sauvage.

– Je ne sais plus quoi faire, ai-je marmonné en retenant mes larmes.

– Un homme, un seul peut te sauver, a réfléchi Nina. M. Ngatugo. Retiens bien ce nom, Jeanne !

Nina venait à peine de tourner les talons que Sally a surgi dans la cuisine comme une furie :

– Je t'avais pourtant interdit ! hurlait-elle en brandissant une bouteille d'eau minérale décapsulée. Tu veux me coller le choléra ?

– J'aimerais tant !

– Tu le fais exprès ! C'est comme les WC ! Combien de fois t'ai-je répété : le personnel de maison doit utiliser impérativement les toilettes de la buanderie !

Dépeignée, l'humeur massacrante, dormir seule lui colle une tête de vampire et cette haleine... À croire qu'elle embrasse sur la bouche tous les putois de N'Djamena.

Ah ! elle me cinglerait volontiers la face à coups de cravache !

– Hier, je suis allée voir le commissaire Salamat !

– Vous l'avez couillé aussi ?

– Petite insolente ! J'ai déposé une plainte. Je t'accuse d'avoir tué la femme de Jonathan. Il a pris ma déposition. Tu vas déguerpir d'ici, crois-moi ! Direction la prison ! Vingt ans pour commencer ! Avec tous ces cadavres que tu traînes après toi !

Le souffle coupé, je l'ai examinée avec des yeux de grue couronnée, cette bestiole montée sur échasses qui s'étonne dès qu'elle ouvre les paupières !

– Le commissaire m'a promis de venir t'embarquer ! Disparais tant qu'il en est encore temps !

Son riz brûlé enfumait la cuisine. Elle s'est retournée vers moi, les mains en appui sur la table :

– Ça va mal finir, Jeanne, je te le demande une dernière fois, fiche le camp !

– J'attends Jonathan.

Elle s'est réfugiée dans sa chambre. Mon chocolat a refroidi. Je suis assise. L'esprit vide. Des heures défilent sur la pointe des pieds. Il est midi. Ou minuit. Comment savoir. La lumière vient du cœur. Je ne suis pas méchante. Vous me connaissez. Vive, c'est vrai, mais sensible, j'aime tout le monde.

Ces beautés que Dieu a créées dans un moment d'égarement. Même les scorpions ont le droit de vivre. Et les crotales. Et les salauds. Tout le monde le devient. Par la force des choses. *Le Petit Prince* dans ce monde-ci serait une tête à claques, un vendeur de crack. On n'échappe pas au châtiment. C'est écrit d'avance dans le grand livre de l'humanité. Sans péché, Dieu déposerait le bilan. Il fermerait le purgatoire, puis l'enfer, licencierait à tour de bras les curés ; le diable redeviendrait le bougre qu'il était, un SDF condamné à quêter devant les cimetières... J'ai étouffé des vies, par maladresse, comme des poussins. Comprenez-moi. Je ne plaide ni me défends. C'était écrit, *mektoub*. J'ai appliqué la loi.

J'ai savonné mes mains, ensuite j'ai bu mon chocolat. Comme j'avais du temps à revendre, j'ai mis mon cœur sous perfusion.

Au sommet du donjon, j'ai crié à sœur Anne : « Ohé, la bigleuse, tu ne vois toujours rien venir ? »

L'exode des catholiques s'intensifie. On dénombre plus de quatre-vingt mille fuyards s'acheminant sous des pluies torrentielles, en direction de Moundou, Sarh, le grand Sud. Les pistes défoncées, boueuses sont encombrées de nombreux cadavres.

Le canon tonne jour et nuit. Habré marque des points. Les troupes gouvernementales affaiblies tentent d'entraîner les Français dans le conflit.

Les appels au calme de la communauté internationale se perdent dans le néant comme le sanglot du muezzin.

L'aviation tchadienne, pilotée par des mercenaires français, a mitraillé des civils musulmans.

Maman est à l'abri. Avec Nina qui m'a téléphoné du camp français. Brave Nina. Ton cul nous sauvera. Je demeure dans la villa. Guettant le téléphone. Les pas de Sally qui miaule dans sa chambre. Elle ne met plus les pieds dans la cuisine. Chasse gardée. Territoire miné. Une guérilla Nord-Sud s'est instaurée dans la maison.

Après cinq semaines de combat, le couvre-feu est en partie levé dans la journée.

Sur le chemin de la maison, j'ai reconnu Ali à un barrage FAN. Sans son air de chien battu. La poitrine fière, la mitraillette au poing, il était méconnaissable. Ali m'a suivie du regard, avec son profil d'oiseau de proie, excité par cette odeur de sang qui imprégnait les murs grêlés de la capitale. J'ai pédalé à perdre haleine, m'attendant à être foudroyée d'une balle.

Les batailles dans l'ensemble du pays tournent à l'avantage du Premier ministre. Le cessez-le-feu instauré par le général Forest est enfin respecté. La vie reprend en douceur, dans une ville agonisante, des meutes de chiens errants lèchent la boue sanglante qui durcit sous un soleil de plomb. Les soldats en mal de guerre font sur eux des cartons.

Ludovic est passé avant la nuit. Avec ses dents de lapin, son crâne luisant et ses lunettes embuées qu'il essuyait avec le pan de sa chemisette pour cacher le trouble qui vaporisait ses carreaux. Ah ! il tombait bien, celui-là ! Il sentait le gin.

J'ai refusé son invitation à dîner chez l'Italien, sous le pont de Chagoua.

– Jonathan rentre quand ? ai-je questionné.

Il m'a répondu d'un soupir agacé. On était assis dans le jardin, sous des étoiles timides qui auguraient d'une saison sèche prochaine.

– Ma parole, tu n'as que ce nom à la bouche ! a-t-il marmonné. Moi aussi, j'existe !

Il était tout pâle sous la lune dans l'eau, avec ses yeux de môme vieilli peu habitué à converser dans le noir.

– J'ai une petite chance ? a-t-il mendié.

Je l'ai plaint de toute mon âme d'être tombé sur moi. N'importe quelle garce aurait été ravie de lui offrir du bon temps.

– Mais je t'aime ! a-t-il explosé.

– Ça veut dire quoi ?

– Ben, tu sais bien...

– Je ne sais rien.

– Je tiens drôlement à toi !

– Qu'es-tu capable d'accomplir, pour moi ?

– Tout !

– C'est trop. Ça signifie quoi ?

– Vivre ensemble si tu veux... Dès ce soir !

– Dans ton lit ?

– Moui.

– Tu me couilleras quand tu auras envie ?

– Tu parles mal, Jeanne !

– Que dirais-tu alors ?

– Faire l'amour...

– Donc, je deviens ta pute attitrée. C'est économique, c'est hygiénique. Ça t'évite de recevoir une balle perdue du côté des abattoirs !

– Tu es si dure, Jeanne...

– Excuse-moi. Donne-moi une preuve authentique de ton amour et je te suis !

– C'est vrai Jeanne ?

Il en était tout bouleversé. La lune éclairait sa face soucieuse, son front plissé. Ses sourcils froncés. Il mordillait intensément ses lèvres, en fixant ses espadrilles, espérant qu'elles lui souffleraient la fameuse solution... À la fin, il s'est levé et, dans un énorme soupir :

– Jonathan a bien de la chance ! a-t-il lâché avant de s'enfuir au volant de son auto.

M. Ngatugo vit à la limite de mon quartier dans une rue qui tombe à l'eau, à cause du Chari et de ses débordements, des marigots où l'on boit, chie, lave, où s'ébattent les vibrions du choléra.

Aujourd'hui, la radio annonce 891 morts dans le pays. Malgré les déclarations optimistes du gouvernement, l'épidémie s'étend, les antennes médicales se multiplient dans les quartiers sensibles.

La situation demeure préoccupante. Dans les régions du Kanem et du Lac, les pluies rendent les pistes impraticables.

M. Ngatugo habite le premier étage d'une maison en *banco* qui domine les cases du quartier. La salle d'attente vide me surprend. Un spécialiste, d'un tel rayonnement...

Il est assis sur une natte. Une lampe à pétrole éclaire un visage gras orné d'un double menton. Dans son boubou orange, les yeux chinoisés à force de déchiffrer l'invisible, il ressemble à un bonze chocolat.

– Approche-toi, petite, me dit-il avec la gourmandise d'un Robinson Crusoé qui verrait apparaître une jolie garce à la place de Vendredi.

Malgré l'âge qui écrase ses épaules, enrobe sa taille, il est encore gaillard, dans son boubou au col d'argent. Une calotte bleue trône, royale, sur son crâne.

– Mon nom, petite, est monsieur Ngatugo, né présumé, rapport à la fainéantise de la colonisation, qui préférait compter nos moutons, notre coton, plutôt que les naissances. Je te dois la vérité. Un jour que je me promenais au bord du fleuve, un génie d'eau me fit tomber au fond. Je suivis l'enseignement des Kadji Man durant un an. La preuve ?

Il a ôté sa calotte pour exhiber avec fierté une bosse molle, blanchâtre, de la grosseur du poing. Au sommet de son crâne.

– Toute ma connaissance est dedans ! dit-il en se recoiffant. Avant de retourner chez moi, les Kadji Man m'offrirent des herbes magiques : Sur terre, tu en auras besoin !

Il plongea ses herbes *tem* dans l'eau, m'en aspergea trois fois, avant de déclarer :

– Toi, petite, tu viens me consulter pour nuire à ton prochain.

– ....

– Pas de fausse modestie ! Si vous ne souhaitiez pas le Mal, je mourrai de faim ! Puis, très grave : Tu veux la mort, hein, d'une femme...

– Oui.

– Quel est le fétiche de la future victime ?

– Je ne sais pas.

– Le boa ?

– Elle n'en a pas.

– Qu'est-ce que tu chantes ? Tout le monde a un fétiche !

Il a haussé le ton, furieux d'entendre, à son âge, de pareilles sottises ! Du doigt, il m'a ordonné de me rapprocher encore.

– On se passera du fétiche. Dans huit jours, tu seras débarrassée de cette poule !

– Poliment, monsieur Ngatugo.

– Tu veux l'homme, sans partager.

– C'est vrai.

– Et riche aussi.

– Il a une maison avec dix climatiseurs et une Jeep.

Il a approuvé en étirant sa lèvre inférieure.

– Comment allez-vous procéder, monsieur Ngatugo ?

– Je vole l'âme de la victime, je la glisse dans un cabri que je mange à la broche, bien croustillant. Et elle meurt.

– C'est aussi simple que ça ?

Il a redressé la taille, superbe, tel un général qui passe en revue l'armée des Kandji Man. Il m'a demandé de lui ramener des cheveux de la fille, une culotte, des rognures d'ongles. J'ai dit oui à tout.

– Vous aurez la bière, le gin, le cabri, la culotte, les cinquante mille francs. À une condition... Je paie au résultat.

Il a reluqué ma poitrine en acquiesçant.

– On peut toujours trouver l'arrangement, a-t-il admis. Quoi, tu hésites encore ?

– Cette fille est une toubab, monsieur Ngatugo. Rouge de poil...

Il m'a observée comme si un scorpion nichait sous chaque mot.

– Ton affaire m'embête. Une Noire, je te la refroidis. Mais une Blanche...

Sa bosse molle, sous la calotte, a opiné aussi.

– Ça me casse les couilles, voilà ! Moi, le Blanc, je ne connais pas. Comment savoir si une âme niche en lui...

– Vous pouvez toujours essayer, monsieur Ngatugo.

– Foutaises ! Si tu veux, je viens de recevoir un poison dernier cri, qui...

– Non ! Je veux la voir s'éteindre comme une bougie !

– Tu n'écoutes pas...

– Je vous paierai le double ! Je veux sa peau !

– Tu es un cas !

– Dévorez-la, façon cabri !

– J'ai mieux ! Une poudre spéciale ! Ton Blanc, il boit et après il ne jure que par toi !

– Non ! ai-je hurlé en me redressant. Je veux son amour sans poudre, sans sorcellerie ! Il doit fleurir naturellement au fond de son cœur !

M. Ngatugo m'a tendu un mouchoir. J'ai séché mes larmes.

– Si tu exigeais qu'un chameau ponde un œuf, ce serait pour moi plus facile... Il a aspiré une goulée d'air entre ses incisives écartées : Reviens ce soir, avec ses cheveux rouges. Je te dirai.

Nina m'a écoutée jusqu'au bout, les mains jointes, recueillie, ses paupières battaient comme un papillon au rythme de mon récit.

– Je t'envie, Jeanne. Ton homme-éléphant est plus bandant que tous les troufions de Koufra...

On a écouté maman respirer dans son sommeil.

– Tu ne viens plus nous voir ! m'a reproché doucement Nina.

– À cause du couvre-feu et puis... Je veux être à la villa lorsqu'il rentrera !

– Tu sais quand ?

– Non.

– Et la fille rouge, encore là ?

– Plus pour longtemps...

– Ah bon ?

– Son vieux père est mourant.

– Tiens donc !

– Crois ce qui te chante !

– Calme-toi !

– Nina... Est-ce que les Blancs ont une âme ?

Elle a fumé en consultant le plafond. Elle a dit enfin :

– Non, Jeanne. Pourquoi cette question ?

– Pour rien.

– Toi, tu me caches quelque chose !

Elle n'a pas insisté. On se connaît si bien. Trop même.

– Arrache-moi les ongles, le bout des seins, tu ne sauras rien ! Ça t'avancerait à quoi ? ai-je dit.

– À t'éviter la prison, par exemple !

– Personne ne peut m'aider, Nina. C'est trop tard...

– Jeanne, j'ai peur pour toi. Tes mains sont rouges de sang... Je sais tout, le chef de la police de Léré... Et M. Fouad... Et Madame feu...

– Tu es folle !

– Tu dois t'arrêter, Jeanne...

Maman a été prise d'une quinte de toux. On s'est regardé en orphelines. Si cette petite femme sèche, têtue comme le chardon mourait...

– Où vas-tu ? a crié Nina.

– Maman doit savoir !

Nina m'a barré le chemin.

– Je t'interdis de lui dire la vérité sur papa ! Elle en mourrait ! Tu as déjà tué assez de monde !

Je l'ai giflée, elle s'est enfuie en sanglotant. J'ai soulevé la tenture. Je me suis assise au chevet de maman. Sa tête grise creusait la blancheur de l'oreiller. Je l'ai réveillée doucement, en embrassant sa main, passionnément. Quand elle a soulevé ses paupières craquelées, elle m'a souri.

– As-tu des nouvelles de papa ? a-t-elle mendié.

J'ai fait oui, puis me penchant près de son oreille, je lui ai tout raconté. Maman m'a écoutée sans tousser une seule fois.

Le lendemain, elle m'a secouée :

– Lève-toi, Jeanne, tu vas être en retard.

Elle s'est frotté les dents avec un bâton de charbon avant d'avaler son café. Quand elle a roulé sa natte sous le bras, je me suis alarmée :

– Mais où vas-tu, maman ?

Elle m'a contemplée un moment, calmement, avant de lâcher dans un soupir :

– Ton père est vivant. Je le sens, là !

Elle a pointé le doigt sur son ventre.

Puis, sur le seuil de la case, elle s'est retournée pour me lancer :

– Jeanne, on ne plaisante pas avec ces choses-là !

Elle a claqué la porte avec détermination avant de se diriger d'un bon pas vers la prison.

28

Tu vas mourir, Sally, bientôt. Une belle fin, je te promets. Je ne te condamne pas pour ta méchanceté, ton sourire de caïman.

J'avais fini par accepter qu'il te couvre comme une chienne en chaleur, prononce ton nom au lieu du mien, chaque nuit, alors que je mordais mon poing au sang, dans la chambre d'amis, derrière la cloison.

Tu n'aurais pas dû, Sally.

Tu es déjà éteinte dans mon esprit. Tu m'as confondue avec une machine qui frotte et cuisine, sans cœur, sans passion... Ce matin, l'air est pur et frais et le ciel dégagé, comme un présage, avec plein de corbeaux dans le flamboyant. Qui s'impatientent en attendant le lever de rideau.

Un chignon sévère t'a poussé sur la nuque. Quand tes amants insistent au téléphone, tu claques le combiné comme un couperet. Les faux bourdons ont cessé d'importuner leur reine.

Une sacrée garce, méconnaissable, qui affiche une virginité singulière comme ces écervelées qui se font recoudre l'hymen pour harponner un mari.

Jonathan a appelé vers dix heures. J'ai compris qu'il était enfin sur le chemin du retour !

Il téléphonait de brousse. « C'est merveilleux, darling ! » répétait-elle.

Elle était si excitée qu'elle a failli m'annoncer la bonne nouvelle. J'ai eu droit à un regard noir, un dos méprisant. Pauvre Cendrillon ! Qu'est-ce que tu crois ! me signifiait-elle. En Afrique, les citrouilles n'accouchent jamais de carrosse et encore moins de princes charmants !

29

L'horloge de la cuisine marquait quatre heures de l'après-midi lorsque j'ai entendu la plainte rauque d'une bête enragée, au salon.

J'ai abandonné mon repassage et armée du fer brûlant, je me suis dirigée sur la pointe des pieds vers la porte entrouverte.

Un silence pesait sur la pièce. Sally était en train de dessiner, allongée sur le tapis, enfin, c'est ce que j'ai cru. Au bruit de mes pas, elle s'est retournée lentement, en gémissant, pointant un crayon rouge dans ma direction. Ses mâchoires tressautaient d'un mouvement convulsif, tandis qu'une tâche bleue, aussi grosse qu'une pièce de cent francs s'étoilait sur sa joue gauche. J'ai lâché le fer en étouffant un cri. Elle claquait des dents. J'ai couru couper la climatisation.

On entendait tonner du côté de Chagoua.

Quand je me suis rapprochée d'elle, son corps était recroquevillé, elle croisait ses mains sur ses épaules pour se réchauffer, à croire que le soleil ne brillerait plus et que l'idée même la terrorisait.

Elle s'agitait sur place, lançant ses membres autour d'elle, d'un mouvement désordonné, entre-

choquant ses dents tandis que ses lèvres s'étiraient en un rictus de renard enragé prêt à vous entailler le cou. Le souffle court, en alerte, j'ai reculé devant cette créature méconnaissable, inhumaine, jusqu'à la cuisine, prête à filer au-dehors dans la tempête.

J'ai crié : Marcel ! Je me suis souvenue que le gardien avait demandé congé pour la nuit.

Dans la villa désertée et silencieuse, j'étais face à Sally. L'air moite, lourd, privé de la climatisation pesait sur moi, j'avais grand mal à respirer, je suffoquais, livrée à cette créature crispée, aux cuisses trop blanches qui se marbraient de bleu. Fascinée par la progression de la tâche qui s'attaquait à présent à la joue droite, clapotait sur le menton avant d'inonder ses orbites en écume qui gagnait en intensité...

Malgré ses mâchoires prises de convulsions, elle répétait en mots hachés : « J'ai froid », appelant à l'aide ses amants pour la réchauffer, elle respirait avec difficulté, bougeait la tête, les bras, les pieds, tel un automate déglingué, par à-coups, et sa bouche dégorgeait un liquide blanc, épais, une bouillie granulée sur son cou, sa poitrine, le tapis, tandis qu'une puanteur envahissait la grande pièce et brusquement, sans avertissement, elle s'est mise à se souiller d'en bas, maculant ses cuisses grasses cinglées de marbrures violettes.

Sally, dans un effort suprême, s'était redressée et sa gorge se gonflait sous l'afflux d'une colère terrible, et cette face livide, bleutée, lança un ultime appel au secours aussitôt étouffé dans un épais flot de matières blanches.

Des rides neuves, profondes creusaient son visage, modulant sous l'influx de spasmes des grimaces convulsives aussi effrayantes que les masques mortuaires que le chef de terre exhibe lors des grandes fêtes à la mémoire des ancêtres.

Sa langue enflée, couverte de grumeaux laiteux, crachait des sifflements noirs, comme une volée de flèches annonçant la fin du monde.

Hypnotisée devant ce serpent rouge, gorgé de malédictions, j'étais incapable de fuir, de réfléchir... Lorsque la sonnerie du téléphone a résonné. Le dos au mur, sans la quitter des yeux, j'ai progressé en crabe en direction du combiné.

J'ai décroché, incapable de proférer un son tandis que Sally, à quelques pas, vomissait cette bouillie écœurante en agitant ses bras dans un sursaut désespéré.

Se débattait-elle déjà dans ce monde clair-obscur au milieu de diables griffus avides de l'entraîner en enfer...

C'était Jonathan. Bien fatigué. Avec un filet de voix. Qui s'égosillait d'un bistrot perdu sur la piste de Moussoro. À deux cents kilomètres au nord de la capitale. Une voix soulagée, heureuse de parler avec moi, comment tu vas, Jeanne, et la santé, et Sahara ?

Quand il m'a demandé des nouvelles de Sally, j'ai réussi à murmurer dans un effort désespéré : « Oui, elle est là... Assise au salon... Non, elle ne veut pas vous causer... Je demande encore... Elle vous fait dire des mots bien puants, pas beaux à répéter. N'insistez pas... » Jonathan s'est tu. Puis :

« Je serai demain à N'Djamena. Quant à Sally... non rien. » D'une voix douce, il a dit encore : « Je t'embrasse, Jeanne », avant de raccrocher.

– C'est Jonathan ! ai-je lancé à la furie. Il m'embrasse très fort ! Quant à toi, il m'a chargée de te dire qu'il s'occupera sérieusement de ton matricule, dès demain !

Sa voix m'avait redonné une pêche d'enfer ! J'avais encore le temps d'agir, sans perdre une seconde ! J'ai bondi vers Sally, comme dans ces films où l'héroïne court contre la montre pour désamorcer la bombe qui menace le président des États-Unis.

J'ai vérifié la fermeture des portes et des fenêtres. J'ai tiré les rideaux. Éteint la lumière. Débranché le téléphone. J'aurais volontiers accroché une pancarte au portail : « Ils sont en Patagonie. »

Puis j'ai rétréci mes cercles autour d'elle, appréhendant tous ces vibrions mortels qui vous bondissent dessus comme des puces enragées.

Des trombes d'eau s'écrasaient sur le toit, dans un vacarme assourdissant. Les éclairs, à travers les persiennes, plantaient leurs échardes lumineuses dans ce corps prostré contre le canapé, la joue gauche sur l'épaule, à nouveau pétrifié.

Elle respirait, oppressée, se vidant par tous les orifices et sa peau tatouée de flagellations bleues. Téléphone donc à une antenne sanitaire ! ai-je pensé. Qu'ils embarquent son gros cul encombrant ! La main sur le combiné, j'hésitais drôlement. Tu es sur le point de signer la connerie de ta vie ! clamait la voix. Agis seule. Ton salut en dépend !

J'étais bien incapable de savoir pourquoi. Ou plutôt si : ces salopards de toubibs étaient bien capables de la ressusciter !

J'ai traversé le jardin en flèche jusqu'à la buanderie tout au fond. Un bloc en ciment, beau comme un bunker. Les herbes sauvages me fouettaient au passage sous le déluge qui redoublait d'intensité avant la nuit.

L'étroite fenêtre de la buanderie aspirait une lumière d'eau trouble à l'intérieur d'un local de trois mètres sur quatre, au toit en zinc, avec au centre un lavoir en ciment sur le sol en terre battue. L'endroit était parfaitement sec. Le cimetière rêvé, au fond du jardin, jamais visité. Sauf par moi qui conservais la clef.

J'ai respiré un bon coup avant de galoper jusqu'au salon. Elle était toujours là, contre le canapé, agitant par intermittence, un pied, un bras, en poupée démantibulée, d'un mouvement désordonné, elle écartait les cuisses aussi, un bon vieux réflexe qu'elle conserverait jusqu'au tombeau...

Ah ! celle-là !

Sa peau glacée virait au lie-de-vin, griffée, grenue, comme si le diable s'amusait à la tatouer du talon au visage.

Les narines pincées, je l'ai saisie sous les aisselles en murmurant, ne t'inquiète pas, ma grosse, c'est la dernière étape. Cinquante mètres avant le terminus ! Ah ! elle était lourde, la garce ! Je l'ai traînée en peinant à travers le salon. D'une talonnade, j'ai ouvert la porte de la cuisine, soufflant et pestant à cause des traînées qu'elle traçait dans son sillage.

J'ai dû m'arrêter trois fois, sur le chemin de la buanderie. Enfin, au sec, je l'ai adossée au lavoir en grillant une cigarette, la porte ouverte, à cause de l'odeur nauséabonde.

Les cheveux plaqués sur son visage, elle continuait de me fixer dans cette trompeuse immobilité... Du pied, j'ai touché sa cuisse en reculant d'un bond, sur le qui-vive. Tu es peut-être crevée, comment le savoir... Le vacarme de l'orage et le battement hystérique de mon sang dans mes oreilles noyaient tout bruit. Tu viens de bouger la main, j'en suis sûre ! Comme ces queues de lézard, décapitées qui vivent leur vie loin du corps....

La pluie noie le jardin, la villa, je voudrais tant qu'elle t'éteigne aussi.

Le muezzin sanglote sa prière. Soit, Dieu est grand et unique... Depuis le temps... Je demande à voir... Il est cinq heures du soir... Moi, aussi, je suis muezzin en haut de mon minaret, je loue ton existence, Jonathan, aux quatre vents, c'est ma façon de supporter cette vie de rampants...

Je bats le briquet : un visage de noyée, barbouillée de bleu et de pluie, grimée en féroce guerrière, qui vient de perdre son dernier combat.

J'effleure du doigt sa joue. De la glace, plus dure que le bois okoumé... Tu es en marche vers ce lieu mystérieux où l'on gèle en plein été... À travers ses mèches, ses yeux luisent si faiblement, comme ces bêtes blessées à mort qui ruminent un ultime assaut. Et ce pouls qui s'entête à battre, entre mes doigts ! Qu'attends-tu pour t'en aller ? Cette agonie n'a que trop duré ! Prie et meurs !

Écoute bien, petite Anglaise, les derniers sacrements : mon âme nègre qui t'a tant éblouie est une guêpe qui refuse dorénavant toute humiliation ! Je te pique, au nom du père, du fils et du Saint-Esprit, même si je dois te suivre sans mon dard en enfer.

Je te veux du bien. La rancune empoisonne le sang. Je t'aime déjà. Ne t'inquiète pas, je m'occuperai bien de toi ! J'ai déjà oublié tes coups bas, la bague, tes amants, Jonathan. Tu l'as croqué comme un marron que j'avais sorti du feu ! Je te rendrai visite tous les jeudis. Ce jour devient chargé ! D'une pierre, deux coups ! Tu aimes les géraniums ? Parfait ! Quand Madame feu saura. Tu ne comprends pas ? Ce n'est pas grave, va ! Je t'aide à quitter la scène avant d'être une vieille peau impossible à repasser ! Ne me remercie pas. Tu auras le temps de réfléchir dans ton trou, sans haine, sans cri. Depuis cinq jours, M. Ngatugo s'occupe spécialement de toi. Un vrai pro ! Il dévore ton âme de salope dans un cabri. Pour aider sa digestion sorcière, j'ai dû donner un coup de pouce à ses manigances... Toutes ces bouteilles d'eau minérale que tu conserves jalousement sous ton lit. « Interdiction de boire pour Jeanne ! L'eau de pluie est trop bonne pour elle ! » C'est tes propres paroles, ma grosse. Quand Madame s'envoyait en l'air, avec le double des clés de la chambre, je vidais tes bouteilles en y substituant l'eau croupie du marigot dont pas un chien galeux ne voudrait. Conclusion ? On est là, toutes les deux, ce soir, dans cette buanderie-cimetière... J'ai hâté ton trépas, aux petits oignons. Sans messes noires ni cabri. Juste un tour de passe-passe !

Encore une minute, Sally ! Je n'ai pas tout dit. Avant de connaître Jonathan, je n'existais pas. Ou si peu... Un drôle de brouillon de négresse paumée dans un monde où l'injustice est le onzième commandement. Née pour rien, la Jeanne. Un coup en trop, comme dirait Nina... Et puis, un matin, Jonathan est sorti de sa chambre, j'ai vu ses yeux verts, j'ai eu envie de découvrir la mer, je me répétais, comme Cendrillon, c'est un rêve merveilleux, Jeanne, mais il faudra bien te réveiller... Toi, tu l'as aimé comme une enfant gâtée, comme on croque une banane bio.

Tu t'en vas, ton pouls est si faible, moi, je suis prête, les yeux clos, la langue offerte à l'hostie. J'entre dans son amour comme en religion. Désigne-moi un dieu, une idole, capable de te plonger en pareil émoi...

Ne cherche pas. Tes secondes sont comptées. Ce Seigneur-là n'existe pas...

Sept heures du soir.

J'ai couru jusqu'à la chambre, sous le lit. J'avais une de ces soifs ! J'ai bu deux bouteilles d'eau minérale sans respirer. J'ai ramené des bouteilles. Avec une pelle et une pioche. Jonathan était de retour. Je devais me dépêcher ! D'un coup d'éponge, le monde autour de lui serait à nouveau propre, étincelant.

En m'approchant de la buanderie, j'ai entendu distinctement des bruits bien furtifs, mystérieux qui fusaient de l'intérieur... La garce était-elle en train de ressusciter ? J'ai étouffé un cri rageur... Et si elle était en vie, ma pauvre Jeanne... Tu n'as plus le choix... J'ai examiné la pioche en frissonnant... Si elle jouait les revenantes bien mesquines qui cafardent aux policiers, à Jonathan... Ne s'était-elle pas rendue au commissariat, quelques jours plus tôt pour m'accabler... Raconter l'affaire Fouad, le décès trouble de Madame feu... Ah, ce plaisir malsain lorsqu'elle m'avait craché : « Le commissaire m'a juré de rouvrir ton dossier. Après tout ce que je lui ai raconté ! En prison, la bonniche, au moins cinquante ans ! » Elle jubilait comme une mygale !

Du pied, j'ai poussé la porte de la buanderie. Les bruits ont cessé. J'ai tourné l'interrupteur. J'ai poussé un hurlement que Jonathan a dû entendre, sur la piste de Moussoro. Un rat marchait sur le front de Sally, une patte sur l'œil gauche ouvert, l'autre dans les mèches, ses moustaches tournées vers moi. D'autres rats fouinaient sous la robe de chambre, sur sa grosse poitrine, entre ses cuisses. J'ai levé en tremblant la pelle, j'ai cogné du plat de toutes mes forces sur les sales bêtes qui fuyaient en couinant. Chaque coup porté débusquait d'autres bestioles qui détalaient en grêle désordonnée sur le sol, le long des murs en ciment, par l'entrebâillement de la porte, entre mes pieds aussi qu'ils tentaient de mordre au passage.

Quand j'ai cessé de pleurer, j'ai avalé sans respirer une bouteille d'eau en pensant, c'est un cauchemar, Jeanne. Tout à l'heure, tu vas te réveiller. Dans les bras de Jonathan qui expédiera d'un coup de pied au cul cette vache anglaise dans la Voie lactée !

Je me suis aspergée avec le fond d'eau. Je me suis sentie mieux. Je suis retournée à mon mouton, pas joli à regarder. Elle saignait du front, du coin des lèvres, du cou, estampillée de coups de pelle... Un sac de son qui chuintait doucement...

J'ai essuyé du revers de la main mes yeux brûlés de sueur, puis, sous l'ampoule blafarde, j'ai examiné la bouteille d'eau minérale... Dans ma précipitation, n'avais-je pas bu plusieurs de ces fameuses bouteilles trafiquées... ? Comment savoir... ? Dans mon affolement... J'avais complètement oublié... J'ai tenté de compter combien de fois, depuis une semaine, j'avais avalé l'eau croupie... Impossible de me concentrer, mon cerveau pétaradait par à-coups. J'ai reposé l'eau, mon regard s'est porté sur elle... J'ai muselé un cri : Sally retroussait ses lèvres, découvrant ses mâchoires carrées de chienne atteinte de rage, prête à mordre et, dans le silence troublé d'une pluie assagie, elle bougea soudain le bras droit, la tête, le torse, les pieds, telle une marionnette manipulée par un montreur d'ombres fantasque qui tire les ficelles, et Sally se mouvait au ralenti en brèves secousses désordonnées, comme une créature frappée de folie...

Après d'interminables minutes, elle se figea enfin, adossée contre le mur, la joue sur l'épaule gauche, l'œil vitreux écarquillé qui appelait au secours dans un silence angoissant.

J'ai compris enfin qu'elle était bien crevée, mais que cette salope adorait m'effrayer, une dernière fois, avec ses nerfs qui se dénouaient en malice...

J'étais souillée de dysenterie écumeuse et ses déjections blanchâtres s'étaient incrustées sous mes ongles, dans mes cheveux, sur ma peau, dans mon âme...

J'ai dû me faire violence pour ne pas courir sous la douche et me frotter au sang. « Tout à l'heure, me suis-je promis, quand elle sera bien au chaud dans son trou ! »

J'ai fermé la porte à clef et, la pioche à la main, j'ai commencé de creuser. Sous la croûte sèche, la terre était tendre. Le travail avançait vite. Je pelletais avec une énergie farouche. Indifférente à la douleur qui m'électrisait chaque fois que la pioche rencontrait un caillou.

Mon corps travaillait tout seul. Je ne ressentais plus rien. Le trou s'agrandissait, j'y déversais au fond la misère nègre, les colons qui nous avaient décérébrés à coups de canonnière et de goupillon, les gouvernements à la solde du blanc, Nomaye le chef de la police qui méritait une seconde mort, plus subtile, que j'avais un peu bâclé, les salauds qui avaient torturé papa dans sa cellule, Fouad, ce piètre pantin, Madame feu, une erreur sans doute, mais enfin... J'ai béni le choléra ! Et bon vent à cette Anglaise si encombrante, qui confondait son nombril avec le centre de la terre...

Durant deux bonnes heures, je ruisselais sang et eau, tel un fossoyeur condamné d'enterrer toutes les saloperies depuis que le monde est monde, dans cette fosse qui béait à présent à mes pieds...

Du plat de la pelle, j'ai tassé la terre fraîche avant de m'écarter pour admirer le résultat. Sally reposait enfin au fond, avec ses frissons de l'au-delà qui n'effrayeraient plus qu'elle.

Bon travail, Jeanne.

À ses pieds, sa valise qui contenait ses pauvres frusques de gisante, des crayons de couleurs, ses poèmes très AUTHENTIQUES, *enfouis, bien profonds, en sa compagnie, parée pour le grand voyage, comme les Égyptiens d'antan qui ne s'embarquaient jamais pour l'enfer sans brosse à dents...*

Le muezzin sanglotait la première prière du jour. Cinq heures du matin. J'ai croqué une barre de chocolat en me glissant, toute propre, dans les draps.

Un silence oppressant écrasait la chambre. Comme si le monde entier au courant épiait mes gestes, le premier remords. J'ai mis la radio en buvant un verre de lait glacé. « Le choléra est totalement éradiqué ! plastronnait le speaker. On ne signale plus un seul cas dans la capitale. » Ces gens-là savent tout. Un jour, quelqu'un devra m'expliquer... J'ai tourné le bouton. Je préférais le silence angoissant. Je suis allée à la cuisine pour ramener la tablette et la bouteille de lait.

Je me suis vite endormie...

30

Jonathan avait beaucoup maigri. Il était gigantesque, basané, recuit par le soleil, le cheveu long dans le cou, avec ses mèches folles qui encadraient son sourire radieux, quoique fatigué, de me retrouver. J'ai couru lui presser une orange tandis qu'il se prélassait sur la chaise longue de la véranda.

Il a bu sans se presser, puis il m'a dit :

– Je t'écoute, Jeanne.

Il m'a invitée à m'asseoir à côté de lui. Moi, j'avais pris un sacré coup de vieux, après l'effroyable nuit blanche, mes mains couvertes d'ampoules, mes muscles fossilisés. J'ai fixé mes sandales, incapable de proférer le moindre son. Ses yeux froids, attentifs me fixaient sans ciller. Il a allumé un cigarillo. La situation était encore plus grave qu'il ne le pensait.

J'étais très triste pour lui.

– Où est passée Sally ? a-t-il repris d'une voix neutre.

La nuit passée n'expliquait pas tout. Je me sentais bizarre, étrangère dans ma peau...

D'une pression de main, il m'a signifié, maintenant, tu dois parler. Alors, en soupirant, j'ai dit :

– Madame est partie. Avec ses robes gitanes, ses poèmes, son étoile bleue tatouée...

– Mais où ?

– Hier après-midi, je repassais. Elle est rentrée, un télégramme à la main. Elle pleurait. Papa est mort, Jeanne. Je dois rentrer. Tu diras à Jonathan... Et puis zut !

– C'est à ce moment-là que j'ai téléphoné...

– Affirmatif. Elle n'a pas voulu vous parler ! Elle a dit encore : « Je lui souhaite de tout cœur d'aimer une vraie femme... Inutile qu'il aille la chercher en Sibérie, elle est... tout près de lui...

Une larme m'a chatouillé la joue avant de s'écraser sur mon boubou du dimanche. Il s'est penché vers moi, ses mains couvertes de poussière rouge n'osaient m'effleurer. Et puis, je me suis retrouvée dans ses bras, en train d'embrasser passionnément son visage, son cou, sa poitrine qui sentait la piste, le large, ses yeux, ses paupières à la saveur d'algue marine, je pleurais en répètant, enfin tu es là !

Sa voix m'a chuchoté :

– Tu m'as manqué terriblement, Jeanne !

À la fin, je me suis détachée, en tremblant, ses mains dans les miennes, j'ai murmuré, honteuse :

– Avant, tu dois m'écouter, mon amour.

Je lui ai raconté le fameux soir où il avait embarqué dans sa Jeep une petite broussarde tremblant de peur, qui ne supportait aucune lumière, et qui avait disparu avec l'aube, en abandonnant le prix d'une nuit d'amour et une bague sertie d'une émeraude... Une lueur intense animait son regard, il a retiré ses mains, son odeur de pain chaud en me dévisageant avec avidité, comme pour recoller les morceaux de cette nuit, au bord du fleuve, dans les remugles du sang des bêtes, et qui s'était achevée dans son lit... Chaque détail lui revenait au galop et moi, les mains jointes en prière, incapable d'affronter son regard, je hantais aussi ces moments précieux avec ma frayeur de vampire habitué aux ténèbres, ma virginité que je lui avais offerte sans hésitation, il a ruminé pour lui-même : « Cette petite broussarde, c'était toi... » Il agitait ses boucles en désordre, la terre, à cet instant précis, tournait aussi pour lui à une vitesse vertigineuse.

On s'est levés ensemble, sans un mot, ses doigts noués aux miens, il m'a entraînée sur son lit.

Il s'est éclipsé dans la salle de bains en m'abandonnant, le cœur battant, effrayée, ravie, sur la couverture bariolée.

J'ai fermé les persiennes, tiré les rideaux. Avant de me faufiler au fond du couloir, dans la seconde salle d'eau.

La douche brûlante m'a lavée des dernières images sales qui s'accrochaient encore à moi. Jonathan fumait dans les draps. J'ai éclaté de rire en pensant à M. Ngatugo et à ma colère noire : « Je veux que son amour naisse au fond de son cœur et fleurisse, rien que pour moi ! »

Une rafale de pluie a ouvert la fenêtre. C'était bon aussi, cette eau du ciel ! Et puis, une main à l'extérieur a poussé la vitre, une grosse tête, laide, pleine de mauvaises intentions a surgi dans l'encadrement. J'ai hurlé au secours ! Mais Jonathan était à l'autre extrémité du couloir, dans une chambre où vrombissait un climatiseur. Dans la pièce noyée de vapeur, j'ai reculé en tâtonnant à la recherche du loquet. Fouad pointait déjà sur moi, l'œil noir du canon d'un pistolet. Une cigarette brasillait au coin de sa bouche. La lueur s'est éteinte brutalement dans le vacarme assourdissant de la déflagration...

Je me suis réveillée en sursaut. Dehors, un crissement de pneus. Mon Dieu, Jonathan déjà !

J'ai couru ouvrir. Devant moi se tenait le fils Fouad, les joues sales, les yeux enfoncés de crapaud, embellis de cernes violets, bien piteux, les pantalons tire-bouchonnés, le cheveu en broussaille et, en dessous, des pensées mal repassées qui sentaient la nuit blanche, la sueur rance.

– Fiche-moi le camp ! ai-je aboyé.

– Je viens chercher Sally.

Je l'ai examiné de la tête aux pieds avant de lâcher :

– Reviens un autre jour, je te repasserai gratis sous toutes les coutures.

– Elle dort encore ? a-t-il mendié.

– Pour l'éternité ! ai-je ri en lui claquant la porte au nez.

Il est demeuré planté sur le perron, le doigt en suspens près de la sonnette, sans oser appuyer. Puis ses épaules se sont tassées. Il est remonté dans son auto, une Cadillac verte, toute chromée, aussi basse du cul que lui.

31

J'ai sorti la clef, la serrure a grincé, une odeur de caveau au riz au lait m'a bondi à la gorge.

Je suis entrée avec précaution. Au centre, la terre meuble était bien tassée. Tu n'as pas rêvé, ma fille. Beau travail ! Même le commissaire avec son redoutable flair se casserait le nez sur la tombe ! Je sais que tu m'épies, perchée au plafond, bien invisible, tel un hibou moucheté, bien gras, tatoué à la patte...

J'ai grillé une cigarette sur le seuil. J'attendais qu'elle me parle, oh, rien de gentil, pour le moment, juste une insulte, comme un revenant rancunier cogne à votre guéridon.

« Tête de cochon ! ai-je marmonné, même au fond du trou, tu fais la gueule ! »

J'ai verrouillé la porte. Patience, Jeanne. Elles finissent toujours par venir te manger dans la main. Tu sais bien !

J'ai siroté mon café avec des toasts au miel et à la confiture de rose. Sur la véranda. La journée de son retour promettait d'être éblouissante. Une queue de saison des pluies pochait bien, çà et là quelques nuages bien pâlots, tout juste bons à pissoter quelques gouttes dans un ciel infini, comme un vieillard cacochyme ouvre sa braguette.

La ville fumait au-delà des grands arbres et les oiseaux multicolores, au-dessus du fleuve, réinventaient l'arc-en-ciel.

Dans le silence de sable, les hommes avaient remisé fusils, avions, canons. La vie retrouvait ses couleurs, du rouge aux joues, un nuage bleu sur les paupières, après une guerre civile terriblement meurtrière.

La nature s'était mise en frais pour le retour de Jonathan.

Et puis le téléphone m'a tirée de mes rêveries. J'ai couru décrocher. Je savais que c'était lui, rien qu'à la douce musique de la sonnerie.

– Jonathan ?

Un silence grésillant, puis une voix a dit enfin :

– C'est toi, ma chérie ?

– Oui, mon amour !

Nouveau silence, puis :

– Qui est à l'appareil ?

– Jeanne, Monsieur.

– Passe-moi Sally !

– C'est impossible...

– Elle est sortie ?

– C'est ça, oui.

– Ah bon... Elle rentre quand ?

– Elle ne m'a rien dit.

– Je viens d'arriver au bureau. Je serai à la maison, au plus tard, vers cinq heures du soir. Et toi, tu vas bien, Jeanne ?

Alors, pour répondre à sa question, j'ai plaqué le combiné sur mon cœur.

Mais il avait déjà raccroché...

La sonnette d'entrée m'a fait sursauter. J'ai reposé le combiné téléphonique et je me suis dirigée vers la porte, en traînant un boulet de cent kilos. Trois coups longs, deux courts. Tiens donc. Un revenant ! Le chacal pointait à nouveau son museau. Ça sentait le dossier secret, bien alléchant.

Le commissaire Idriss s'est glissé à l'intérieur malgré mes bras croisés, mon front plissé. Mon silence de cactus lui a arraché un sourire. Les têtes dures ? Il connaissait. C'était même sa spécialité au commissariat.

– Ton patron est de retour a-t-il nasillé en se collant une blonde entre les lèvres.

J'ai joué à la sourde-muette. Qu'on tranche en paupiettes, sans lui arracher le moindre mot.

Il s'est affalé sur le canapé en louchant sur la flamme de son briquet. Moi, je n'ai pas cillé, près de la porte, avec ma tête à claques, Jeanne, la reine des repasseuses. Celui-là méritait une sérieuse séance au fer brûlant, qui crache de la vapeur.

– Ton boss sera ici en fin d'après-midi, avec un dossier d'intérêt national...

Sa voix n'était qu'un murmure. Pauvre cloche ! Vous n'avez donc rien remarqué ? Il truque ses dossiers et vous agitez la queue en guise de remerciement ! Il est drôlement plus fort que vous, bande de dégénérés !

– Le chef de la sécurité s'y intéresse de près...

Tiens donc, le commissaire dans ses petits souliers !

– Votre cirque, ça va durer encore longtemps ?

– Ça veut dire quoi ?

Il n'avait pas haussé le ton. Rien. Juste un filet de voix aussi brûlant que de la lave.

– Vous m'avez placée ici, dans cette case, à cause d'un repassage maladroit, pour jouer les Mata Hari ! Je croyais que c'était fini ! Et vous débarquez, tout enfariné, comme un pêcheur qui ferre le poisson quand ça lui chante ! Votre hameçon m'arrache la gorge ! Dans cent ans, vous viendrez encore m'emmerder ?

– Toi, tu files du mauvais coton...

– À cinq heures, je raconte tout à Jonathan !

Il a ricané en rejetant un jet de fumée par le nez. Ah, il était sûr de lui ! Un coq du renseignement !

– Où vas-tu ?

– Chercher ma brosse à dents.

– Choisis-la bien résistante, Jeanne, une qui dure trente ans !

Il a souri sans malice. J'aurai beau lui renvoyer l'ascenseur, la menace de la prison planera toujours sur ma tête.

– Je reviens demain, a-t-il décidé en se redressant. Réfléchis, Jeanne... Tu me parais bien à plat.

C'était même pire que ça... Quand la misère vous fait du bouche à bouche depuis bientôt trois mois...

Il s'est approché de moi et m'a flatté la joue en signe d'armistice.

– Je suis venu en ami, Jeanne.

– Je vous emmerde !

Il a rengainé son sourire, son étonnement, comme on se reculotte avec dignité. Il s'est éloigné d'un pas nerveux vers l'entrée.

– Au fait, a-t-il lancé, où est Mlle Sally ?

– Elle se gèle les fesses avec ses renards argentés !

– C'est tout de même bizarre... Il a fouillé la poche intérieure de sa veste noire, a extirpé un passeport vert. Sally Pegrum, née à Bristol, Angleterre, le 8 décembre 1953, célibataire... Est passée la semaine dernière pour demander le renouvellement de son visa...

– Elle est rentrée chez elle !

– Jeanne... Voyons... On ne prend pas l'avion sans passeport...

– Qui parle d'avion ? Un Blanc est venu la chercher en auto. Ils ont pris le bac pour le Cameroun.

Il tapotait son ongle gauche avec la tranche dorée du document, le sourcil haut, le sourire bienveillant.

– Tu as beaucoup d'imagination, a-t-il reconnu sportivement.

– Fouillez son armoire !

– Tu es quand même une drôle de fille... En dix ans de carrière...

Il hochait la tête, sincère, presque humain. Je l'épatais, vraiment !

– Vous avez soif, commissaire ?

Il a souri avec soulagement, avant d'ajouter, gourmand :

– Demain, à dix heures, j'aurai très faim aussi !

À mon tour, j'ai fait oui, les bras le long du corps, bien obéissante. Comme il les aime. Il a agité la main au-dessus de ma tête, en pape bien compréhensif, qui absout sans rancune.

Cet individu avait l'art du geste, du mot. Au bon moment. Sans cri. Sans menace. Jamais, je ne l'avais vu battre un suspect. Quand je le décevais, il prenait sa mine de basset, et ses lèvres, tssst tssst ! présageaient un avenir menaçant qui transformait le calvaire du comte de Monte-Cristo en conte de fées, en comparaison !

On s'est à nouveau souri en trinquant, avec nos trente-deux osselets éblouissants, en hommage à notre collaboration où nous constituions, tu t'en souviens, Jeanne, une équipe du tonnerre !

Il s'est dirigé vers sa vieille 4 CV, pensif. Rapport au passeport vert qui pesait bien lourd au fond de sa poche.

Le volant entre les mains, il était lointain.

– Cette Anglaise fantasque est partie au Cameroun... Au temps de la colonisation, les Blancs étaient comptés, mais de nos jours...

Il a agité une main amie en s'éloignant.

32

Le boulanger a livré la baguette du jour.

La matinée a gaspillé ses miettes avant de plonger dans l'après-midi. Une chaleur dense frottait furieusement le ciel à la toile émeri, s'engouffrait à gros bouillons que le ventilateur du salon brassait avec découragement sans parvenir à rafraîchir l'atmosphère. Le ciel plombé était une nappe de feu qui menaçait d'incendier la ville, buvait goulûment les recoins d'ombre, foudroyait les oiseaux insouciants.

Je me traînais de la douche au salon, comme ces poissons des aquariums glauques des restaurants chinois, qui ouvrent sur le néant de gros yeux fatalistes. L'eau était brûlante, nauséabonde, à croire qu'elle avait déjà servi à laver Sally.

Un air putride planait dans la maison, dans les rues, vomissait des éclairs riz au lait tandis que les intestins de la cité gargouillaient interminablement, dans les roulements d'un orage qui grondait, juste derrière l'horizon, dispersait dans l'air suffoquant les relents d'un anus irrité au sang qui souillait en déjections écarlates la cité moribonde...

L'après-midi clopinait sur ses béquilles, traînant un aussi gros cul que celui de Sally. Le téléphone demeurait muet. Les voitures qui empruntaient l'allée de sable s'arrêtaient avant la villa. La chaleur noyait tout bruit. Les chiens mêmes se réfugiaient dans les fossés, en attendant le déluge.

La cité n'était qu'une nécropole et moi, je guettais Jonathan, derrière la fenêtre. J'avais froid et chaud, un drôle de microclimat. Ma peau de poulet, passée au fil de la flamme, miroitait, bleutée par endroits. Les douches m'apportaient un bien être illusoire, malgré la puanteur de l'eau. À peine séchée, je ruisselais de plus belle. Je sentais la négresse qui redoute les fantômes... Boire un verre de lait me coûtait. La moindre gorgée irritait ma gorge plâtrée. Ma langue avait doublé de volume... Était-ce une fièvre maligne ou cette nuit blanche qui continuait de m'agiter comme un hochet...

Je cherchais les mots de bonne arrivée pour accueillir mon homme-éléphant. Impossible de me concentrer, de réfléchir... Mes pensées fuyaient à tire-d'aile comme une bande d'étourneaux pour se percher sur les manguiers au-delà du fleuve.

Les gens sont si méchants, Seigneur... Ils tombent d'un ventre pour vomir des énormités. Sally me répétait : « Pauvre cloche, tu n'as donc rien compris ? Jonathan t'a manipulée jusqu'à l'os ! » La *boyesse*, amoureuse du patron qui l'aide à hériter d'une fortune à coller le tournis !

Les gens sont fous. Ils sont jaloux, racontent n'importe quoi.

Tu n'aurais jamais dû vomir sur Jonathan. C'est après ces paroles-là que je t'ai condamnée, Sally.

Comme Dieu le Père qui tire les ficelles. On n'a pas le droit ! L'amour est le bien le plus précieux, ici-bas. On naît avec. Comme un canard noir encombré d'un couteau. On est maladroit. On fait n'importe quoi. On passe à côté, on se blesse. Mais quand cela vous arrive, alors, on s'agenouille. Ma vie est à toi, Jonathan. Je suis venue au monde pour t'aimer, prendre soin de toi, remonter la couverture, la nuit, veiller à éloigner les dangers, comme au temps des cavernes, dans un monde de barbarie qui n'a pas vraiment inventé le feu...

Tu es en chemin, mon adoré, je le sais, je le sens, je suis ton chien aimant qui entend ta voiture de très loin et qui ne vit que pour cet instant. C'est mon sixième sens. Je tremble, recroquevillée sur le canapé, emmitouflée dans une couverture, ce monde, je le hais. Je le vomis ! Il promet tant de mystères à vos yeux innocents... Et puis...

Sans toi, Jonathan, je serais déjà retournée me poster au pied du grand calceidrat, avec mes deux âmes fanées, cette planète, je n'en suis plus ! Tombée dessus par hasard, une erreur de calcul du grand ordinateur céleste, mon astéroïde ne ressemble pas à cette terre inhumaine grouillant de créatures prêtes à vous mordre à mort, comme ces serpents qui plantent leurs crocs dans les pierres, rendus fous par le soleil...

Je dois m'en aller Jonathan, je l'ai enfin compris, je tremble, le soleil retourne où il est né, dans le ventre de sa mère, un gouffre noir, béant, je ne retiens de mon passage que tes mots doux et ronds comme des galets que tu m'as confiés au cours de cette nuit unique, où j'étais une petite broussarde terrorisée entre tes bras, ces instants inscrits quelque part dans la Voie lactée vivront dans ce livre sacré, magique dont on chuchote l'existence depuis l'aube des temps, quelque part entre Orion et l'étoile du Berger...

J'ouvre les paupières. C'est le soir. Tout est noir. J'ai dû m'assoupir ! Ta voix éclate dans le jardin. Tu plaisantes avec Marcel qui a repris son poste, je me réfugie dans la salle de bains. J'entends tes pas pressés dans le salon et tu appelles, Sally ? Jeanne ? Où êtes-vous donc cachées ?

Le miroir me renvoie le reflet d'une étrangère. Tu cherches dans la cuisine, puis dans la chambre avant de grimper les escaliers quatre à quatre jusqu'au bureau... Le bruit de tes pas résonne au-dessus de ma tête. Puis tu descends dans le jardin, du côté de la buanderie.

Je refuse d'allumer. L'ombre de mes traits se découpe sur le miroir, par la douce lueur de la lune qui épie derrière le grillage.

Quelqu'un tourne l'interrupteur. La lumière m'aveugle, tu surgis derrière moi, surpris par mon silence, mon attitude pétrifiée, ton reflet envahit le miroir, se colle contre le mien. Ta voix basse dit : « Jeanne... » Comme une prière devant le grand mystère. Ta main se pose sur mon épaule droite. Qui tremble à son contact. Juste une caresse. Il ne faut jamais réveiller les somnambules. Ils sont trop hauts, trop loin, le moindre cri, ils tombent, deviennent fous. Tout le monde sait cela.

Tu es bien là, contre moi, si vivant, maigre et brûlé par les soleils du Tibesti, si beau, avec tes yeux qui parlent de mer au milieu des sables, à travers mes larmes, ton visage se rapproche encore, ton doigt dessine une caresse timide sur ma joue, enfin, tu te penches et, d'une voix inquiète, tu dis :

– Jeanne, ta joue est toute bleue...

Tu retrousses mes manches, fébrile, en t'exclamant :

– Et tes bras aussi !

Tu te baisses pour examiner mes cuisses, mon ventre, en chuchotant : et là aussi, Jeanne, avant de te relever, livide, et moi, obéissante, je ne sais que répéter, ces deux mots que tout nègre prononce quand la terre renonce définitivement de tourner pour lui :

– Oui, *missié*.

33

Le commissaire Idriss Salamat a été muté à Abéché. Avant son départ, il m'a rendu visite à la prison. Il était bien triste de me voir en cet état.

– Je ne peux plus rien pour toi ! a-t-il soupiré en mimant des poignets menottés.

– Je veux du papier, des crayons, ai-je dit.

– Tu les auras, a-t-il promis en s'en allant.

Je suis faible encore, mais le nouveau commissaire, un jeune de l'université est un enragé qui ambitionne le galon. Il est venu m'arracher à l'hôpital avec deux policiers. Il n'a pas osé me passer les menottes. À cause du docteur et de mes jambes encore trop faibles.

– Je m'occupe de ton cas ! m'a-t-il assuré.

J'ai tout de suite compris que ce type tenait ses engagements.

Mon dossier est accablant. Avec tous ces cadavres derrière moi, mon avenir était assuré. Au fond du couloir, dans la même cellule, j'ai retrouvé le graffiti que j'avais dessiné sur le mur, un fer à repasser.

Je ne suis pas près de revoir le vieux palmier déplumé, devant la prison. Je me suis fait une raison. Ici, je suis enfin tranquille. Loin du bruit, des cris. De Jonathan...Il est venu me voir une fois à l'hôpital, en coup de vent. Ces gens-là sont toujours pressés. À croire que le monde est plein d'otages à libérer. Et moi, Jonathan, et moi...

Il m'a promis de jouer de ses relations. Avec ce sourire bien pratique, qu'il glisse comme un dentier sur la table de chevet.

Je sens le soufre, il se tenait contre la porte de ma chambre d'hôpital, le plus loin possible. J'avais maigri. Les taches bleues sur ma peau s'en étaient allées jouer ailleurs, au fond du ciel.

Il avait surtout peur que je parle. Dicte mes volontés. Il a été surpris de n'entendre aucune menace. Madame feu était bien enterrée.

Il transpirait drôlement. Dans son élégant complet blanc. Fronçant des sourcils. Prêt à m'envoyer paître au moindre chantage... Tu n'auras donc rien compris, Jonathan...

– Je te tirerai de la prison, a-t-il promis en disparaissant.

Je ne l'ai plus revu. Il est peut-être à l'hôpital, les jambes dans le plâtre, victime d'un accident de cheval... ? Ou sous son clocher d'Avignon... Comment savoir... Maman guette la porte de la prison. Le matin, le palais présidentiel. L'après-midi, c'est le commissariat.

Nina a demandé à me voir. Je ne veux pas. Aucune envie. L'entendre gémir, se plaindre. Le sein pisseux, le cul en goutte d'huile, c'est pour demain.

Le commissaire Idriss m'a donné une rame de papier. Un stylo noir. Mon cas n'est pas encore jugé. Depuis bientôt dix mois, je vis ici. Avec mes habitudes. Je suis presque heureuse. Parfois, on m'arrache du silence de ma cellule, je réponds aux questions. Rien que la vérité, toute la vérité. On me ramène bien vite chez moi. Dans mon cachot. Mon cocon.

Le nouveau commissaire est très content. Je suis une prisonnière modèle qui avoue sans menace. Sans supplice. Il suffit de tourner le bouton.

J'attends le procès sans illusion. Trente ans, quarante, quelle importance !... J'ai du papier, un crayon et l'éternité devant moi...

« Du fond de ma cellule, je revois le salon aux rideaux tirés, à l'heure de la sieste. Enfin tranquille loin des cris de Mme Fouad, une otarie gémissante, suspicieuse qui voit le mal partout, le nègre, c'est bien connu, est tombé d'un ventre pour... »

J'hésite, je mords mon crayon...

Dans quel but exactement... ?

Rivages/noir

Joan Aiken
Mort un dimanche de pluie (n° 11)

Robert Edmond Alter
Attractions : Meurtres (n° 72)

Claude Amoz
L'Ancien crime (n° 321)

Jean-Baptiste Baronian
Le Tueur fou (n° 202)

William Bayer
Labyrinthe de miroirs (n° 281)

Marc Behm
La Reine de la nuit (n° 135)
Trouille (n° 163)
À côté de la plaque (n° 188)
Et ne cherche pas à savoir (n° 235)
Crabe (n° 275)

Tonino Benacquista
Les Morsures de l'aube (n° 143)
La Machine à broyer les petites filles (n° 169)

Bruce Benderson
Toxico (n° 306)

Pieke Biermann
Potsdamer Platz (n° 131)
Violetta (n° 160)
Battements de cœur (n° 248)

Michael Blodgett
Captain Blood (n° 185)

Daniel Brajkovic
Chiens féroces (n° 307)

Wolfgang Brenner
Welcome Ossi ! (n° 308)

Paul Buck
Les Tueurs de la lune de miel (n° 175)

Yves Buin
Kapitza (n° 320)

Edward Bunker
Aucune bête aussi féroce (n° 127)
La Bête contre les murs (n° 174)
La Bête au ventre (n° 225)
James Lee Burke
Prisonniers du ciel (n° 132)
Black Cherry Blues (n° 159)
Une saison pour la peur (n° 238)
Le Bagnard (n° 272)
Une tache sur l'éternité (n° 293)
Dans la brume électrique avec les morts confédérés (n° 314)
W.R. Burnett
Romelle (n° 36)
King Cole (n° 56)
Fin de parcours (n° 60)
Jean-Jacques Busino
Un café, une cigarette (n° 172)
Dieu a tort (n° 236)
Le Bal des capons (n° 278)
La Dette du diable (n° 311)
Daniel Chavarría
Adiós muchachos (n° 269)
Un thé en Amazonie (n° 302)
Daniel Chavarría/Justo Vasco
Boomerang (n° 322)
George Chesbro
Une affaire de sorciers (n° 95)
L'Ombre d'un homme brisé (n° 147)
Bone (n° 164)
La Cité où les pierres murmurent (n° 184)
Les Cantiques de l'Archange (n° 251)
Les Bêtes du Walhalla (n° 252)
L'Odeur froide de la pierre sacrée (n° 291)
Andrew Coburn
Toutes peines confondues (n° 129)
Michael Collins
L'Égorgeur (n° 148)
Rosa la Rouge (n° 267)
Robin Cook
Cauchemar dans la rue (n° 64)
J'étais Dora Suarez (n° 116)

La Colline aux suicidés (n° 40)
Brown's Requiem (n° 54)
Clandestin (n° 97)
Le Dahlia noir (n° 100)
Un tueur sur la route (n° 109)
Le Grand Nulle Part (n° 112)
L.A. Confidential (n° 120)
White Jazz (n° 141)
Dick Contino's Blues (n° 212)
American Tabloid (n° 282)
Ma part d'ombre (n° 319)

Howard Fast
Sylvia (n° 85)
L'Ange déchu (n° 106)

Kinky Friedman
Meurtre à Greenwich Village (n° 62)
Quand le chat n'est pas là (n° 108)
Meurtres au Lone Star Café (n° 151)
Le Vieux Coup de la sauterelle (n° 197)
Elvis, Jésus et Coca-Cola (n° 264)

Samuel Fuller
L'Inexorable Enquête (n° 190)
La Grande Mêlée (n° 230)

Barry Gifford
Port Tropique (n° 68)
Sailor et Lula (n° 107)
Perdita Durango (n° 140)
Jour de chance pour Sailor (n° 210)
Rude journée pour l'Homme Léopard (n° 253)

David Goodis
La Blonde au coin de la rue (n° 9)
Beauté bleue (n° 37)
Rue Barbare (n° 66)
Retour à la vie (n° 67)
Obsession (n° 75)

James Grady
Le Fleuve des ténèbres (n° 180)
Tonnerre (n° 254)

Russell H. Greenan
Sombres crapules (n° 138)
La Vie secrète d'Algernon Pendleton (n° 156)

C'est arrivé à Boston ? (n° 205)
La Nuit du jugement dernier (n° 237)
Un cœur en or massif (n° 262)

Joseph Hansen
Par qui la mort arrive (n° 4)
Le petit chien riait (n° 44)
Un pied dans la tombe (n° 49)
Obédience (n° 70)
Le Noyé d'Arena Blanca (n° 76)
Pente douce (n° 79)
Le Garçon enterré ce matin (n° 104)
Un pays de vieux (n° 155)
Le Livre de Bohannon (n° 214)

John Harvey
Cœurs solitaires (n° 144)
Les Étrangers dans la maison (n° 201)
Scalpel (n° 228)
Off Minor (n° 261)
Les Années perdues (n° 299)

Vicki Hendricks
Miami Purity (n° 304)

George V. Higgins
Les Copains d'Eddie Coyle (n° 114)
Le Contrat Mandeville (n° 191)
Le Rat en flammes (n° 243)
Paris risqués (n° 287)

Tony Hillerman
Là où dansent les morts (n° 6)
Le Vent sombre (n° 16)
La Voie du fantôme (n° 35)
Femme-qui-écoute (n° 61)
Porteurs-de-peau (n° 96)
La Voie de l'Ennemi (n° 98)
Le Voleur de temps (n° 110)
La Mouche sur le mur (n° 113)
Dieu-qui-parle (n° 122)
Coyote attend (n° 134)
Le Grand Vol de la banque de Taos (n° 145)
Les Clowns sacrés (n° 244)
Moon (n° 292)

Chester Himes
Qu'on lui jette la première pierre (n° 88)

Dolores Hitchens
La Victime expiatoire (n° 89)

Geoffrey Homes
Pendez-moi haut et court (n° 93)
La Rue de la femme qui pleure (n° 94)

Dorothy B. Hughes
Et tournent les chevaux de bois (n° 189)
Chute libre (n° 211)

William Irish
Manhattan Love Song (n° 15)
Valse dans les ténèbres (n° 50)

Bill James
Retour après la nuit (n° 310)

William Kotzwinkle
Midnight Examiner (n° 118)
Le Jeu des Trente (n° 301)

Jonathan Latimer
Gardénia rouge (n° 3)
Noir comme un souvenir (n° 20)

Michel Lebrun
Autoroute (n° 165)
Le Géant (n° 245)

Christian Lehmann
Un monde sans crime (n° 316)

Elmore Leonard
Zig Zag Movie (n° 220)
Maximum Bob (n° 234)
Punch Créole (n° 294)

Bob Leuci
Captain Butterfly (n° 149)
Odessa Beach (n° 290)

Ted Lewis
Le Retour de Jack (n° 119)
Sévices (n° 152)
Jack Carter et la loi (n° 232)
Plender (n° 258)

Richard Lortz
Les Enfants de Dracula (n° 146)
Deuil après deuil (n° 182)
L'Amour mort ou vif (n° 206)

John D. Mac Donald
Réponse mortelle (n° 21)
Un temps pour mourir (n° 29)
Un cadavre dans ses rêves (n° 45)
Le Combat pour l'île (n° 51)
L'Héritage de la haine (n° 74)

John P. Marquand
Merci Mr Moto (n° 7)
Bien joué, Mr Moto (n° 8)
Mr Moto est désolé (n° 18)
Rira bien, Mr Moto (n° 87)

Richard Matheson
Échos (n° 217)

Helen McCloy
La Somnambule (n° 105)

William McIlvanney
Les Papiers de Tony Veitch (n° 23)
Laidlaw (n° 24)
Big Man (n° 90)
Étranges Loyautés (n° 139)

Marc Menonville
Jeux de paumes (n° 222)
Walkyrie vendredi (n° 250)
Dies Irae en rouge (n° 279)

Ronald Munson
Courrier de fan (n° 226)

Tobie Nathan
Saraka bô (n° 186)
Dieu-Dope (n° 271)

Jim Nisbet
Les damnés ne meurent jamais (n° 84)
Injection mortelle (n° 103)
Le Démon dans ma tête (n° 137)
Le Chien d'Ulysse (n° 161)
Sous le signe du rasoir (n° 273)

Kyotaro Nishimura
Petits crimes japonais (n° 218)

Jack O'Connell
B.P. 9 (n° 209)

Liam O'Flaherty
L'Assassin (n° 247)

Jean-Hugues Oppel
Brocéliande-sur-Marne (n° 183)
Ambernave (n° 204)
Six-Pack (n° 246)
Ténèbre (n° 285)

Abigail Padgett
L'Enfant du silence (n° 207)
Le Visage de paille (n° 265)

Hugues Pagan
Les Eaux mortes (n° 17)
La Mort dans une voiture solitaire (n° 133)
L'Étage des morts (n° 179)
Boulevard des allongés (n° 216)
Last Affair (n° 270)
L'Eau du bocal (n° 295)

Andrea G. Pinketts
Le Sens de la formule (n° 288)

Bill Pronzini
Hidden Valley (n° 48)

Bill Pronzini/Barry N. Malzberg
La nuit hurle (n° 78)

Michel Quint
Billard à l'étage (n° 162)
La Belle Ombre (n° 215)
Le Bélier noir (n° 263)

Diana Ramsay
Approche des ténèbres (n° 25)
Est-ce un meurtre ? (n° 38)

Louis Sanders
Février (n° 315)

Philippe Setbon
Fou-de-coudre (n° 187)
Desolata (n° 219)

Roger Simon
Le Clown blanc (n° 71)
Génération Armageddon (n° 199)
La Côte perdue (n° 305)

Pierre Siniac
Les mal lunés (n° 208)
Sous l'aile noire des rapaces (n° 223)
Démago Story (n° 242)
Le Tourbillon (n° 256)
Femmes blafardes (n° 274)
L'Orchestre d'acier (n° 303)

Les Standiford
Pandémonium (n° 136)
Johnny Deal (n° 259)

Richard Stark
La Demoiselle (n° 41)
La Dame (n° 170)

Richard Stratton
L'Idole des camés (n° 257)

Vidar Svensson
Retour à L.A. (n° 181)

Paco Ignacio Taibo II
Ombre de l'ombre (n° 124)
La Vie même (n° 142)
Cosa fácil (n° 173)
Quelques nuages (n° 198)
À quatre mains (n° 227)
Pas de fin heureuse (n° 268)
Même ville sous la pluie (n° 297)
La Bicyclette de Léonard (n° 298)

Ross Thomas
Les Faisans des îles (n° 125)
La Quatrième Durango (n° 171)
Crépuscule chez Mac (n° 276)
Traîtrise ! (n° 317)
Voodoo Ltd (n° 318)

Jim Thompson
Liberté sous condition (n° 1)
Un nid de crotales (n° 12)
Sang mêlé (n° 22)

Nuit de fureur (n° 32)
À deux pas du ciel (n° 39)
Rage noire (n° 47)
La mort viendra, petite (n° 52)
Les Alcooliques (n° 55)
Les Arnaqueurs (n° 58)
Vaurien (n° 63)
Une combine en or (n° 77)
Le Texas par la queue (n° 83)
Écrits perdus (1929-1967) (n° 158)
Le Criminel (n° 167)
Après nous le grabuge (Écrits perdus, 1968-1977) (n° 177)
Hallali (n° 195)
L'Homme de fer (n° 196)
Ici et maintenant (n° 229)
Avant l'orage (n° 300)

Masako Togawa
Le Baiser de feu (n° 91)

Armitage Trail
Scarface (n° 126)

Marc Villard
Démons ordinaires (n° 130)
La Vie d'artiste (n° 150)
Dans les rayons de la mort (n° 178)
Rouge est ma couleur (n° 239)
Cœur sombre (n° 283)
Du béton dans la tête (n° 284)

Donald Westlake
Drôles de frères (n° 19)
Levine (n° 26)
Un jumeau singulier (n° 168)
Ordo (n° 221)
Aztèques dansants (n° 266)
Kahawa (n° 277)
Faites-moi confiance (n° 309)

Janwillem Van De Wetering
Comme un rat mort (n° 5)
Sale Temps (n° 30)
L'Autre Fils de Dieu (n° 33)
Le Babouin blond (n° 34)

Rivages/Mystère

Charlotte Armstrong
Le Jour des Parques (n° 13)
L'Inconnu aux yeux noirs (n° 15)
Une dose de poison (n° 21)

Francis Beeding
La Maison du Dr Edwardes (n° 9)
La mort qui rôde (n° 12)
Un dîner d'anniversaire (n° 18)

Algernon Blackwood
John Silence (n° 8)

Fortuné du Boisgobey
Le Coup d'œil de M. Piédouche (n° 32)

Jypé Carraud
Tim-Tim Bois-Sec (n° 22)
Le Squelette cuit (n° 25)
Les Poulets du Cristobal (n° 31)

Collectif
La Griffe du chat (n° 28)

F. W. Crofts
Le Tonneau (n° 24)

Amanda Cross
En dernière analyse (n° 23)
Insidieusement vôtre (n° 26)
Justice poétique (n° 27)
Une mort si douce (n° 30)

Mildred Davis
Crime et chuchotements (n° 14)
Passé décomposé (n° 16)
Un homme est mort (n° 20)

Michael Dibdin
L'Ultime Défi de Sherlock Holmes (n° 17)

John Dickson Carr
En dépit du tonnerre (n° 5)

Jacques Futrelle
Treize enquêtes de la machine à penser (n° 29)

William Kotzwinkle
Fata Morgana (n° 2)

Alexis Lecaye
Einstein et Sherlock Holmes (n° 19)

John P. Marquand
À votre tour, Mister Moto (n° 4)

Kai Meyer
La Conjuration des visionnaires (n° 33)

Anthony Shaffer
Absolution (n° 10)

J. Storer-Clouston
La Mémorable et Tragique Aventure de Mr Irwin Molyneux (n° 11)

Rex Stout
Le Secret de la bande élastique (n° 1)
La Cassette rouge (n° 3)
Meurtre au vestiaire (n° 6)

Josephine Tey
Le plus beau des anges (n° 7)

Achevé d'imprimer sur rotative
par l'imprimerie Darantiere à Dijon-Quetigny
en mars 1999

Dépôt légal : avril 1999
N° d'impression : 99-0329